李敬泽 著

会饮记

北京出版集团公司
北京十月文艺出版社

目录

银

肺

咸阳机场,全中国最能吃一碗好面的机场。高深青花碗,碗底几条子面,埋在丰足的酱料下面,几口吃了,顿觉天下大定。

吃完一碗,细细纠结一会儿——不过了,再来一碗!

吃撑了,刷微信朋友圈,见澎湃新闻推送了那天在先锋文学三十年国际学术论坛上的致辞。从头看起,准备着驴唇不对马嘴,准备着被记者记得一地狼藉,看完了,竟是铁证如山,句句都是我说的,一个字都不错。

好吧,这位记者超出了我的预期,他不仅手快,而且显然熟谙文学言谈的逻辑和词语，一边听着，他就正好找到了每一个词，无一处失手。

给澎湃的朋友发了一条微信：

现场记录竟然无误，贵报记者的职业水准果然了得。

即将关机的时候，对方回复：

李老师，您不知道有速记吗？

哦，速记。

一边飞着，一边想着速记。很少想到她们，她们坐在会议室的后排，但那天是上百人的会场，不知她们坐在哪里。是的，好像都是女孩子，灵巧的手指，应有微硬的茧，在场而沉默。这是一门手艺，有一个速记专业吗？还是文秘专业？她或许经常为文学院工作，莫言写作中心的同一层楼上还有天文学系，天文学的会议也会找这个姑娘，她敲击键盘，从宇宙深处、从星云与黑洞切换到先锋、传统、理想和欲望。文学家有时也会提到天空，而在天文学家眼里，文学家甚至连尘埃都算不上。这是两个不同的地下组织，各自说着只有自己人才能听懂的暗语和黑话——她有时会感到隐秘的得意，只有她潜伏着，她是外人，但只有她能同时听懂那位长得据说像普希金的张教授和那位据说是中国的霍金的李教授在说什么，她暗自把他们称为张金和李金，她在百度上搜出了普希金和霍金的照片，她觉得李金一点都不像霍金。

现在，她坐在某个角落，一绺长发垂在眼前，她当然不用看键盘，但她也不必看台上，毕竟这不是多么庞大的黑社会，她知道刚才那位感冒了，但是他还是那么激动，他照例会突然激动起来，然后，就像一颗气得发疯的流星，以不可预测的轨迹不知砸到什么地方。她垂着眼睛，有点气恼，她知道会打出一片杂乱无章的喧闹，就像小时候看《水浒》，鲁智深一拳打在人家鼻子上，“便似开了个油酱铺：咸的、酸的、辣的，一发都滚出来”；她微微叹了口气，她不喜欢这样，她喜欢手下打出的文字流畅、安稳，所以，她喜欢现在这位，他是完全可以预测的，像行星、像月亮，只要他一开始，顺着他的话，她几乎可以在轨道上自动运行，她有时甚至知道他下面要说什么和怎么说……

飞回北京的第二天晚上，在北师大的课堂上，我向一群写作专业的学生谈到了那次致辞和那位速记。

一个庄重的场面，都有点庄严了。我忽然意识到，不能空着手上去，手里应该庄重地拿着稿子。赶忙翻包，幸好摸出一张对折的纸。我走上讲台，打开它，看到这张纸上写着几串数字，是前一天谈论单位预算时随手记下的，这让我多少有点走神，为了稳住，开口先说闲话：今天这个场合很庄重，所以，写了个稿子——女士们，先生们，早上好！

现在看，这是一篇中规中矩的致辞，说的都是该说的话和说了等于没说的话。只有一段有些意思：

“但是，我也觉得这件事同时也充满了反讽。今天这个场面和这个会也同时可以写成一篇具有先锋精神的嘲讽的和欢乐的小说。它可以让严肃和刻板的事物重新面对它的极限，让喧嚣的话语袒露出沉默。所以，我不仅期待着今天的这么多精彩的论文，我也期待着在座的作家和年轻的朋友们可以拿今天作题材，写一篇精彩的小说，我想这本身就能够有力地证明先锋文学的影响。”

——那天晚上，我花了很多时间谈论这篇臆想中的小说，好吧，建议你们都写一篇，你们不是都在场吗？

下课了，和三个学生走在校园里，深厚的、沉甸甸的雾霾，把人删节为一挂僵硬的肺。于是谈论了一会儿我们的肺，告诉他们，清洗猪下水时，肺是最麻烦的，详细讲解了清洗过程，那年那具洗净的猪肺如精密的银器，有惊世骇俗之美。谈完了肺，我觉得有必要谈谈他们的学业，名义上我还是其中两位的导师，但这两位似乎都对写作没什么兴趣，对此我一向怀着窃喜暗自鼓励。我问其中一个，德语学得怎样？他一直在学德语，我们探讨了德语的复杂和麻烦，顺便评论了一下法语，我的耳朵混浊低俗，实在听不出法语有什么好听，咚咕隆咚的。他说起他喜欢艰难深奥的语言，好啊，那么，就学梵文、吐火罗文。我想起手头正写的一篇文章里，斯坦因在尼雅发现的佉卢文文书，信口滑翔：我也想学一种语言，在中国只有四个人懂的那种，比如古波斯语。想当面听人说说话就得坐三个小时飞机，今天晚上，这四个人终于相聚，找个酒馆，用古波斯语吟唱雾霾之上的月亮或雾霾之中的玫瑰。但是，古波斯语里有雾，没有霾，那么，我们就得与时俱进，在这种语言中创造出“霾”，以此类推，渐渐地，这将成为只有我们四个人懂的一种话，混杂了古波斯语、现代汉语、德语等，暗自流传，而终于失传。然后，鬼知道什么时候，斯坦因在一处沙埋的废墟下发现了写在纸片上的神秘字迹……

是啊，那天在广州外贸外语大学，我就和老师认真探讨着学习古波斯语的可行性。

是在饭桌上，老师正阐述学习波斯语和古波斯语的难度和寂寞，她长得就像波斯人，唐代某件黄金酒盏上浮现的面容，她显然感到困惑，不知这个老男人在抽什么疯。桌子那头，毕飞宇正在谈论他的一篇关于《项链》的文章，莫泊桑的《项链》，契约精神……

等等！我一下子从波斯跳出来：不，不仅是契约精神，是神圣的物权！

当你编一个故事，当你开始虚构，不管是丢项链还是发疯要学古波斯语，这个故事都不是自然浮现的，它需要条件，比如当聂赫留朵夫打算娶玛丝洛娃的时候，你得知道他是个东正教徒，哪怕他或者托尔斯泰不承认这一点，但他绝对不会是中国的官二代或富二代。飞宇的意思似乎是，借与还的契约所具有的伦理和法律正当性，是《项链》这个故事不言而喻的条件。

但还不仅如此，这里矗立着神圣的物权，这比契约更为根本。这个故事如果被写成一篇中国小说，那么它更可能走向另一个方向、成为另一个故事，那不幸的女人会提出莫泊桑不曾想到的问题：为什么她拥有这个项链而我没有？由此，她也许就终于走上了革命道路。

当然，我不能冷落我的波斯语老师而和飞宇讨论什么劳什子项链,那只是黏稠的饭桌言谈中一个微小气泡。后来，那天晚上在课堂上，我看着对面墙上的表，计算着下课时间，把这个气泡找回来，慢慢拉长。小说作为一种虚构形式，需要有文本之外的条件，或者说，小说必定安放在恰当的支架上，如果我们意识不到支架的存在，那只是因为它是如此基本，如同空气，是透明的，如同呼吸，是当然如此而不必被肺所感知的。但如果你把这个支架抽掉，那么，一切都会坍塌下来。

虚构是一个精致的肺。

请您谈谈中国非虚构文学的现状和发展前景。

他看着眼前的话筒，他就知道，他们必定让他谈论非虚构，这一切都是因为阿列克谢耶维奇。他被认为有资格谈论这一话题，因为他曾经鼓吹过非虚构，也因此他们认为他应该早就认识她。

但他在那一刻对这一切感到厌倦。西安的黄昏，在大慈恩寺遗址，他刚刚重逢两年前认过的那一块碑，贾岛写道："病身来寄宿，自扫一床闲。"

非虚构？——为什么不谈谈虚构？

记者愣了一下，他不习惯由被采者决定话题，而且这个问题是他昨夜赶完了两篇稿子在百度上搜了一遍之后憋出来的，眼前这个家伙，你以为你是贾平凹呀，在此之前，我连你是谁都不知道，更不知道该向你问什么问题。

那个，很多人认为，虚构已经过时，小说正在没落。

他笑了，他有点兴趣了，抬起眼看着对方：

小说没落了？虚构也过时了？那么你是说，我们已经真实和老实得听不进一句谎话了吗？

记者茫然无辜地看着他，这孩子有点乱了，他只不过是想要完成今天的采访任务。好吧，他叹了口气，决定还是做一个合作的被采者。

还是谈非虚构吧。

他用熟练的、书面的语调开始回答问题，似乎话不是说出来，而是印出来的。

虚构是一个问题。

在苏州诚品书店巨大的玻璃穹顶下，从喉咙到腿，都在不由自主地收缩。一座宫殿，一座教堂，书的帝国，书的大陆。

这或许就是博尔赫斯所想象的图书馆，我曾说过，我宁愿成为一个绝对的读者，但是想想吧，在深夜，天空下——我必须提到天空，因为当你在深夜独自一人身处这茫茫无际的书卷之间，你会感到，不是天空下，是天空中，你在黑暗中飘荡，抓不住任何实在之物，你是无所指的能指，一个空的符号，无数的书如冰冷的风吹过你中空的身体，吹出单调尖锐的哨音，无止无歇……

深夜的图书馆。这是噩梦，如果再猛然看见失明的博尔赫斯坐在那里，我会从床上惊叫着跳起。所幸此时，阳光猛烈，人潮汹涌。大陆著名作家毕飞宇和台湾著名作家骆以军在此对话，著名评论家李敬泽是这次对话的主持者。飞宇是老友，一个刀光闪闪的家伙，而我喜欢骆以军这松软的小胖子，他们是如此不同，一个把一团乱麻清晰地讲述出来，精确流畅，另外一个，让坚硬的一切软下去，融化，混浊。我认为他们可以构成一个封闭的循环，毕把骆搞糊涂的事理清楚，骆把毕搞清楚的事搅糊涂，这样，在这个世界上他们都不会闲着。

今天，他们有一个共同的话题，他们都喜欢波拉尼奥的《2666》。

我坐在毕和骆中间，心情阴郁地想着 869 页的《2666》，直到昨天夜里，我才看到了 52 页，我看到四个阿琴波尔迪研究者的友谊——我拼命记住阿琴波尔迪这个名字，我想这是我看过这本书的唯一证据，此人据说是德国作家，但我从这个名字里闻到了燠热的拉丁气息。现在，我知道，这四个人中，有两个男人分别从巴黎和马德里爱上了伦敦的女人，第四个在罗马，眼睛瞎了，坐着轮椅。到目前为止，他们还没有撕起来的迹象，他们共同热爱着阿琴波尔迪——但是，谁也没有见过他，甚至不知道他经历了什么，活着还是死了，尽管他们像一群彩民或股民一样热切期待他获得诺贝尔奖。实在困得不行的时候，我想，也许这个作家——他叫阿琴波尔迪——并不存在，对，没有这么一个人。也许波拉尼奥写出 869 页就是为了证明这个。这件事真他妈的疯狂。

主持人李敬泽发问：现在，请谈谈《2666》，你为什么喜欢它？

然后，飞宇告诉我们，波拉尼奥其实不像拉丁美洲作家，而像一个欧洲作家。当然，拉丁美洲也有博尔赫斯这样的作家，所以，波拉尼奥实际上是完成了博尔赫斯的想象。

——博尔赫斯的图书馆或者百科全书。也许我可以另写一部卷帙浩繁的《太平御览》，作为某个皇帝每天批阅奏章后的睡前读物……

然而，这个背信弃义的家伙，他的话已经完了，OVER，他跷着二郎腿，悠闲地看着我，暗自欣赏他的句号之圆。可是我们必须坐在这儿说一个半小时啊，说好的契约精神呢？我转过头去，看着骆以军，好吧，该你了，你这牯岭街少年，看你的了，你得滔滔不绝地说下去，咱们不讲契约讲义气，我会寄一包宁夏枸杞给你这写了《西夏旅馆》的人。

然后，骆以军开闸放水。

从当年台北的溜冰场开始，他在超现实的亚热带之冰上快活滑行，从1980滑到1990，2666遥不可及。二十分钟过去了，我微笑着恶狠狠地盯着他。哦，《2666》，一个漂亮的急停，冰花四溅。他终于来到了西伯利亚或者别的什么冰天雪地的地方，在那里，士兵阿琴波尔迪爱上了一个女人，苍茫乱世，不可能的爱，注定没有未来的爱。女人忽然说：你要记住我。

世上所有的男人都在回答：我会记住你。

你怎么让我相信你会记住我？

这个男人，阿琴波尔迪呆住了，他的情人盯着他，他说，我会以军人的荣誉、夏洛克的契约或者实在不行就以梁山泊的道义记住你。

但女人知道你在胡说。

阿琴波尔迪可怜巴巴地看着他的女人。

我也看着骆以军，我想那个男人已经绝望了——不仅因为他无法让女人相信自己，还因为，他忽然意识到，这竟然是一个超出语言边界的问题，无法靠发誓、抒情、论证加以解决。而骆以军或波拉尼奥会解决这个问题。果然，他抛出了答案：

最后还是女人说了，她说，你要像阿兹特克人那样记住我。

阿兹特克人，我记得骆以军说的就是这个词，说完之后得意扬扬地瞟了我一眼。当然我可能记错了，我也懒得从八百多页里翻出那一页，不管阿兹特克人还是粟特人还是苏美尔人，反正这个女人认为她给出了完美答案。

我至今没有明白骆以军或波拉尼奥的意思。但是，我知道，如果换了麦克尤恩，这个问题会如何回答：

我要像一个作家那样记住你。

我要写一本小说记住你。

我要让你活在虚构中。

我这么干是为了记住你，也是为了记住我自己。

那天在北师大的课堂上，我一直在谈论麦克尤恩的《甜牙》以及我对英国小说无可救药的爱，我爱狄更斯、奥斯丁、格雷厄姆·格林、约翰·勒卡雷、安东尼·伯吉斯，还有麦克尤恩。现在，在这本《甜牙》里，麦克尤恩完成了几乎不可能完成的惊险任务：让在政治、阴谋和欺骗中穿行的爱情安顿于花好月圆，但又是如此忧伤，令人心碎。

这恰好也是一本关于作家和女人的小说，关于虚构的虚构。它是虚构写作的教科书。同学们，今晚就去京东买一本，然后写一篇关于先锋论坛的小说。

小说开始时，一个当年的先锋作家走进会场。人们围上来，他早已习惯了这种肉包子打狗般的骚动。但是今天早上，他经受了便秘的折磨，而昨天夜里，面对着电脑，他感到油尽灯枯，每一个字似乎都是刻在永恒的石碑上，而精疲力竭的石匠忽然满腔怨愤：你们到底要我怎么样？你们不是已经记住我了，我的书你们宣布已成经典，到底怎样才能让你们相信，我就是那个你们深爱的、永不遗忘的伟大作家？此刻，他感到天下太平，人们是爱他的，但是，谁知道呢，迎面走来的这厮，刚刚发了一篇文章，在一万字的表扬之后顺便谈到了中国作家与那个白俄罗斯老太太的距离，什么意思？是与老太太的距离还是与斯德哥尔摩的距离还是小说与非虚构的距离？……

或者，我们可以让另一个当年的先锋作家走进来。他已经很久不写了，他现在是一个中学教师。那天接到请柬，如同接到三十年前的一封来信，他花了好几天时间才渐渐认出当年的自己。此时他茫然地站着，没有人认出他，他在辨认记忆中的那几张面孔。他已经多年不读小说，他不是语文老师,他教的是数学,是的,他和《甜牙》中的那个女人一样，是数学系毕业的，那个女人在剑桥，他在北大……

无穷无尽的可能。然后，作为一篇小说，必须发生点什么。好吧，最简便的办法是让他遇见一个女人。一个陌生的女人，一个足以让他的生活真的发生一点什么的女人。

为了不被道德高尚的网民骂，他不应该处在已婚状态，这里是一个孤独的老单身汉或老流氓，让我们在这个会场里找找，找那个最出人意料的人。她在那里，但很少有人看到她。

就是那个速记。

一个长发姑娘。

然后，故事就真的开始了，天知道那是个什么样的姑娘，也许她竟是埋伏在速记座位上的评论家，或者一个夜观天象的女巫。但是，你爱上她了，你必须记住她，记住她的一切：她怎么就成了速记员，她住在哪里，与人合住吗？她的收入和支出账目，她用什么样的化妆品，她刚买了一件什么式样的大衣，她身上隐秘的疤痕，她每天下班后手指的感觉，她什么星座，她是哪里人，她的父母、她的童年、她的朋友圈、她的初恋或暗恋，她头发的气息，她打算一辈子做速记员吗？如果不，她的梦想是什么……

总之，你已经决定不写了。你发现，这个精致的肺需要吞吐全世界的空气。

坐井

这个冬天，它让我想起当年的五国城。世界的极边，庄子的大鱼所居。很冷，冷到了地老天荒。

这片雪原上后来有个女子，叫萧红，她写了一本《呼兰河传》。呼兰河应该就是五国城外的那条河。在那本书里，她很少提到冬天，她喜欢的是夏天、秋天、春天，是生长，不是寂灭。

而在我的记忆中，五国城是永恒的冬天。我一度确信我会死于此地，然后被冻成一个硬邦邦的家伙，不知历了几世几劫，再被挖出来。我知道，在清朝他们就这么干过，当然他们挖出来的不是我，他们本来想挖出徽宗皇帝，结果挖出了一个女人,还有一幅画。清昭梿《啸亭杂录》记载:“乾隆中，副都统绰克托筑城，掘得宋徽宗所画鹰轴，用紫檀匣盛，瘗千余年，墨迹如新。”昭梿不曾提到的是，女人的脸上覆盖着透明的冰，而那女人正在冰下笑。但愿那是巧笑倩兮的笑。反正据说好几个家伙在此之后就以种种方法疯了、死掉了。

我已经记不起徽宗皇帝临死前的表情了。在后人的想象中，老头儿应是以泪洗面，他们说他被金人囚禁在深黑的井底，坐井观天，他是哭死、苦死、冻死的。他们才真是井底之蛙啊，在最后的岁月里，官家——在宋代，我们把皇帝称为官家，他依然是一个健壮的男人，他依然有力量让他的女人怀孕，他仍是我们这个人数日渐减少的被流放的朝廷的王。那日，大雪初霁，他在雪地里走了很远，他走得很快，即使行于积雪，他的步态也绝不黏滞，就像他的字，我一直在临摹他的字，那线条是多么挺拔迅捷，我感觉我已经无法挺到终点，快！他严厉地喝道，要快！你抖什么！你手里又不是刀！现在，他忽然站住了，抬手一指：看！

——白茫茫一片，前方是平缓的坡地，坡地尽头矗立着乌黑的森林，比野猪还黑。猛烈的阳光直射在大片雪地上，而他的眼睛热烈地闪动：

起风了。

现在，我仍然能够记起那一幕，那片阳光照射下覆雪的坡地，寂静如宇宙洪荒，但是，起风了。你其实不知道那是风，你只是看到你的脚踏破贞静的雪，细小的粉尘仓皇地在雪上拂动，奔赴而去，渐渐飞扬，在阳光中旋转，直到腾空而起，如一只威严的、芒羽闪烁的巨鸟。

他沉重的袍襟在风中轻摆，他顽劣地笑了，笑得像汴京街头的一个泼皮：

这风是咱们两个惹起来的。

转过头去，他望着风去的方向，望着南方：

它就一直这么刮下去，千里万里，挟着尘土、草屑，还有无数人的唾沫星子，越来越大，越来越脏，刮到汴梁，过了江，刮到临安，这风撩起了西湖上女子的衣带……

我永远不能忘记他的脸，遥望的、痛楚的、怨愤的、自我怜悯的、狭邪的脸。很久之后，我在酒桌上认识了五国城的一个女子，她丰硕、喧闹，她的酒量远远胜过李清照。此前我已久闻其名，该女子曾以第四野战军横扫千军的气概喝翻了一个团的台湾文人，海峡对岸从此闻风胆落。

现在，女子端一只酒碗，目光灼灼：

干了？

那什么，我怯怯地嗫嚅：

你们可以为他立个塑像。

她一下子虎目圆睁：

立像，为什么？他又不是毛主席！

可他好歹也是一朝天子，他死在这儿，老头儿很可怜，他到死都想着回去。

她笑了：

他回去不回去中国人都活到现在了，来，干了再说！

好吧，她也许是对的。我有时也觉得他是可笑的，你摆出那副姿势给谁看呢？你是天的儿子，在这天边北溟，彻骨的寒凉还不能让你安静下来，你仍不知天地无情，天地无亲，那你就在那里，站着吧。

你是谁？

我是一个说谎者。

那一年，我见到维特根斯坦[①]的一个学生。不是剑桥的，是奥地利山区特拉滕巴赫小学的学生，他已经是一个朴实的工人，健壮、肚子硕大，不是你们所熟知的那种精悍的法西斯，而是稳稳地把握着自己有限世界的劳动者。他喝着啤酒，向我说起此事。当年的维特根斯坦老师，他们根本不知道他是一个哲学家，其实即使知道了他们也还是不知道哲学家是

---

① 有关维特根斯坦的叙述参见巴特利《维特根斯坦传》，东方出版中心 2000 年 7 月第 1 版。

干什么的，维老师只是一个维也纳富人，有钱，据说非常有钱，人称维半城，人是好人，但有点怪，当然有钱的人都有点怪。这位维老师，他甚至不喜欢女人，甘愿来到这偏僻的山区，教穷人的孩子读书。

他都教了什么？

哦，他抱着啤酒杯艰难地想，终于想起来了：

哈！说谎者！一个人，告诉你，我是一个说谎者。这时，你是信不信呢？你如果信了，他的话就是真的，可如果他的话是真的，他在说这话时就不是说谎者，所以，他要真是一个说谎者，他就不应该说我是一个说谎者！

他一口气说完，捧起啤酒杯咕咚喝了一大口，然后孩子般得意地看着我，似乎等待着老师的表扬。

我想我惊愕的表情已经使他足够满足。他垂下眼，忽然叹了口气，说：

那时我就知道，他这辈子都不会快活，一个人天天想这种事怎么会快活。所以，我只要告诉自己，这杯啤酒是真的，就这么简单！

是的，如何做出一个真的陈述，这是无解的逻辑疑难，维特根斯坦把自己放进了这口井里。而仅仅是在井口窥探这个问题就已经让人感到蚀骨的疲倦。

那一年，维特根斯坦刚从维也纳来到特拉滕巴赫，一周后，他给他的朋友罗素——以后他们会翻脸的——写了一封信："不久以前，我陷入可怕的沮丧之中，而且厌倦生活。但是现在，我略微觉得有希望了。"

事后看来，这封信中只有一点是确切无疑的，维特根斯坦写道：这大概是特拉滕巴赫的学校教师第一次给北京的哲学教授写信。这真是一个逻辑哲学家的谨慎的玩笑，实际上，我确信，这是这个星球上第一次有人从特拉滕巴赫向北京写信。当时罗素正在北京，正在一群洁净的、体面的、在后世的想象中如同诸神的中国人的簇拥下高谈阔论，我注视着他像个粗壮的金兵一样吃掉一枚汁水四溢的烤羊宝，同时谈论着中国文化的特性，那时我忽然想到，很多中国人日后将只是通过另外一个中国人的转述和引用想起他，此人名叫王小波，但我估计，王小波对他此刻关于中国的高论一个字都不能赞同。

还有一个人名叫梁鸿，她现在也被一个维特根斯坦的、也是罗素式的问题困扰着。这个问题就是：

框子里的命题是假的

这是说谎者悖论的另一种表述。绝顶聪明的曹雪芹对此有过绝妙的概括：假作真时真亦假。

现在，在北京一个嘈杂的集市上——我觉得这就是一个集市，只不过卖的是书。我和梁鸿坐在低矮的沙发上，面对着来来去去的人，由她的新作《神圣家族》谈起，谈到书中的吴镇，城镇化和县域治理，她的故乡，小镇的孤独和荒诞，特拉滕巴赫的孤独或福克纳的荒诞……

我感到她很累，我也很累。这同样是荒诞的：对着一群过客，谈论丧失和衰败。梁鸿是河南人，我甚至在她脸上看到了金人的影子，在1126年，靖康元年，一切取决于跑得快和没跑掉。徽宗皇帝，他和他治下最卑微的农夫一样，没跑掉不是身体不好，是舍不下坛坛罐罐。结果，他失去了故乡，在极北之地，站在萧红和迟子建的地盘上，他站成了一块望乡石，而在他的目光尽头，梁鸿也正在慨叹故乡的沦丧。——也许这并不是她的真实意思，但是，鉴于我们大家都认为她应该是这个意思，否则没法聊天，所以，她正在很累地谈论故乡。

梁鸿的故乡、徽宗皇帝的故乡，他们所思的是同一片土地和河流，但却肯定不是同一个故乡，就像走过土地的不会是同一双脚。我们皆为过客。这片中原大地，两千年来被无情的暴力反反复复地清洗，“白茫茫大地真干净”，曹雪芹看到了骨子里，看到了最洁白也看到了最黑暗，一代一代人把脚印留在雪地上，然后，等风再起，等雪再下。

也就是说，如果梁鸿想象一个永恒的故乡，她还必须想象永恒的失落。当你在这片土地上从靖康元年走到2016

年，你就知道，无数人的故乡已一去不返。

故乡是你的故乡，是你走过这片土地的那双鞋，凡·高的鞋、海德格尔的鞋、你的鞋，反正不会是他人的鞋。

所以，我很累。正如维特根斯坦很累，他在《逻辑哲学论》里说“幸福者的世界不同于不幸者的世界”，而他在特拉滕巴赫似乎忘记了他的真理，这个大资产阶级知识分子以为自己是托尔斯泰，正如托尔斯泰以为自己是农民，然后他被小资产阶级知识分子的狂热性所支配，结果在特拉滕巴赫待了一年后，小资产阶级的软弱和动摇就暴露无遗，在给罗素的另一封信中，他写道：

“仍然待在特拉滕巴赫，像以往那样，被丑恶和卑贱包围着。我知道，在任何地方，社会底层的人都没什么用处，但是，这里的人比其他地方的人更无用，更没有责任感。”

这时的罗素已从北京回到英国，而令人意外的是，维特根斯坦在发表了这等丧心病狂的反动牢骚之后继续在奥地利的山区待了七年。在这七年里，他和孩子们相处尚好，而和孩子们的父母格格不入。其中一个很重要的原因是，维特根斯坦公开表示，是的，我有钱，但是我不想要那无聊的钱，然后，据他的传记作者巴特利说，“建立自己的背景以后，维特根斯坦开始对乡民期待用钱购买的东西表现漠视，至少漠不关心”。他过着一种“虚饰的贫穷生活”，很多年后，他在维也纳带领装修队，为他姐姐建造盘踞整个街区的壮丽大宅，而在这里，在特拉滕巴赫，他却执意住着又小又破的房子，就在棕鹿酒馆隔壁的楼上，当乡民们在酒馆里喝酒快活，大声喧哗时，哲学家怒不可遏，冲出来大喊大叫。

我不是在指责维特根斯坦虚伪，我可见识过太多货真价实的虚伪。维特根斯坦的问题是，他真诚地陷在自己的鞋子里或者井里，如果好好学习马克思，他就不会“对乡民期待用钱购买的东西表现漠视”，因为，在他的伦理学、美学和逻辑哲学的底部，还有经济学，还有人类生活得以运行的坚硬条件和限度，以及在这限度内的人性。在谈论他的装修工程时，他说过：“所有的伟大艺术里面都有一头野兽：驯服的……我为特雷格尔建造的房子，产生于极其敏感的耳朵和良好的风度，是伟大理智（或文化）等的表现。但是竭力涌入旷野的原始生活，野性生活——这很缺乏，所以，你可以说这不健康。”

在旷野八年之后，维特根斯坦依然没能找到那头驯服的野兽。

梁鸿呢，她也力图驯服野兽，但她甚至不能确定那头野兽是否还在。现在，她满面疲倦地表示：当然，《神圣家族》不是非虚构作品，可能是介于虚构和非虚构之间，如果你称这是本小说也可以。

也就是说，这里有一个框子：

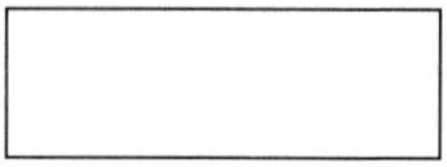

但框子是空白，至少是暧昧的含混。梁鸿，这位女史，她写下了十几万字，然后，她发现她不能用一个真或假的陈

述把框子填满。

她是一个反过来的维特根斯坦，是一个反过来又调过去的维特根斯坦，一个长大的脚穿不上昔日的鞋的旅人，一个不能确定何者为假也不能确定何者为真而又对此执念不已的陈述者。

寒风吹彻头颅。是的，是头颅不是脑袋，脑袋是温暖的，属于整全的生命，而头颅，它可以被提在手里，可以投掷出去，可以在地上滚动，可以坚硬、冰冷，作金石之声。

我站在北京的街头，冒着五国城的寒风，在等冯唐，满怀恶毒而甜蜜的期待。这厮一直以为他是这个世界的情人，而世界终于对着他解开了裤裆，现在让我看看他受惊的脸。

但似乎没有什么受惊的迹象。喝过几杯小酒，我的脑袋开始疼，一根筋从右侧头顶直贯枕部，以一种傻×式的执拗和欢快跳动不休。

疼的痛苦像未知的海

纠缠着我的生活

疼的欢乐像自由的鸟

飞舞在一树树的花开

——然后，醉眼蒙眬之际，我告诉冯唐，我会用瘦金体给他写一个扇面，就写他或泰戈尔那首惹下麻烦的诗，他可以用这把扇子为他那个飞奔的脑袋降温，以便永远记住，诗应该是美好的。

那天晚上，在书案前，提笔沉吟，我写下的却是那首词：

宴山亭·北行见杏花

裁剪冰绡，轻叠数重，淡着胭脂匀注。新样靓妆，艳溢香融，羞杀蕊珠宫女。易得凋零，更多少，无情风雨。愁苦。问院落凄凉，几番春暮？

凭寄离恨重重，这双燕何曾，会人言语？天遥地远，万水千山，知他故宫何处？怎不思量，除梦里有时曾去。无据。和梦也，新来不做。

官家写完了，瘦金只合官家写，近千年来，此一体少有人仿，于非暗徒得其表，启功折戟沉沙，黯然销了王气。而官家，笔落处便是鼓瑟吹笙、银烛炜煌，便一张粗纸也登时金粉熠熠。

官家好字！

官家抬笔一指：

说诗！哪个让你说字！

好诗！黍离麦秀，哀而不伤，尽得风人之致。

官家很满意。

但出得门来，我必须解开裤裆，顶着寒风撒一泡热尿：

你个无可救药的封建统治阶级的败类！你正被金人像狗一样牵着一路北去，你的身后，华夏正在沉沦，你的宫殿、你的珍宝，无数的书、无数的画正在烈焰中焚烧，你的无数臣民正辗转于沟壑，正在受苦，正在无助地死去，金国的大兵正在你的眼皮底下睡你的女人！

你就不能骂一句我肏你姥姥吗？你该像个真正的老炮儿喷出你的血来，而不是在这儿剪冰绡、匀胭脂，在这儿做梦和思量！

你是多么优雅啊。你身在荒野，你就在人家的裤裆里苟活着，可你的笔下永远不会有野兽，你有良好的风度，但你的耳朵是瞎的，你甚至听不见自己的心跳。

就在昨夜，我站在营帐外，听见我的君王你在啜泣，你在梦中惊叫和狂叫，在你的梦中，在最深黑的地方，发生了什么？发生了风雪山神庙？发生了怒杀阎婆惜？发生了大闹飞云浦？发生了一个罪人的忏悔或一个圣人的自责？

也许什么都不曾发生，因为你就是你的主人，你就是你的奴隶。但也许一切都发生了，你心中藏着一个反贼、一头狂暴野兽，但是，你不能提起笔，只要提起你的笔，笔就会径自写去，那优雅微妙的语言就会掠过所有深黑和沉默之地，把你带到院落凄凉、离恨别愁。

那是被诅咒的语言，在提笔时，你身上附着李后主的阴魂，这被你的祖上用牵机药毒死的诗人，他让你在每一片杏花、梅花和桃花和狗尾巴花上看见眼波横和眼儿媚，让你身体里绵延着烟雨迷离的江南，你苦苦遥望的江南，你毕生不曾去过的江南。

一尊瓷瓮。白釉，土色斑驳，状如立枕，中腰处一口突出，形似喇叭。

猜，这干什么用的？

酒瓮？

他指了指那朵喇叭：

这又不是水龙头，能装酒吗？

在下不才，委实不知。

我料你也不知。这便是“地听”——

哦，地听。

唐杜佑《通典》中《守拒法》有云：“地听，于城内八方穿井，各深二丈，以新罂用薄皮裹口如鼓，使聪耳者于井中托罂而听，则去城五百步内悉知之。”

但这一尊瓷瓮并非寻常之罂，应是专为地听而制，此是宋辽之物，声呐技术已有改良，但它的用法应该一仍唐法。

在深井中，蒙着薄牛皮的喇叭紧贴着井壁，聪耳者附耳于瓮顶。

脚步声，马蹄声，大树倾倒之声……

我喜欢这井底。回到靖康元年，我愿落在汴梁城内的这口井中，看着井口繁星，看着人马星座缓缓移过，然后，我的耳朵紧贴瓮顶，渐渐地，远处的声音、地底的声音、黑暗最深处的声音透过薄薄的牛皮，被收纳进空虚的瓮中，在瓮顶回荡。

我能听见秋虫的鸣叫，听见静夜里一根树枝的摇曳，一只狐狸踏碎了一粒露珠。

我能听见饮泣、叹息，听见屠夫被血惊醒，听见维特根斯坦都难以听见的声息，听见沉默，听见笔在纸上写下流利的字迹，听见纸在火焰中卷曲，听见我的心和他人之心无语的惊悸，听见语言所不及的地方、那世界和人心尽头的荒凉和恐惧……

我摘下我的头颅，缓缓地，把它放进冰冷的井底。

鹦鹉

像一只怒气冲冲的巨鸟。

他在台下的人群里看见了他。他不认识他，但他坐在那里，你没办法不看他——“夺人眼球”，媒体时代猴急的汉语。他想起他刚刚终止了一项购置瞳孔识别的打卡机的计划，那个单位已经陷入隐秘的恐慌，据说如果你每天早晨都把眼睛对准那只阴险的镜头，你的瞳孔迟早会散掉。像一粒散了黄儿的鸟蛋。对机器的恐惧和对身体管制的焦虑。他想，他们倒是不担心灵魂，按照传统的想象，灵魂藏在瞳孔深处，随时可能被吸走，就像插一支吸管，吸干瓶底的果汁。

他想起玛格丽特·阿特伍德。是的，他正在这儿谈论网络文学，而阿特伍德阴魂不散。这个严厉、尖刻的女巨人，据说身高一米八以上，他正在读她的《别名格蕾丝》，他还没有读完，但是，等到这儿完了事，他得赶到附近的一家书店，当着另外一群人，谈论这个加拿大小说家。

问题是，关于阿特伍德他并没有什么话说。现在，看着台下那个家伙，他的心情更糟，他不明白这货为什么要把头发搞成这个鸟样，两鬓推上去，然后雪白的、显然是焗染出来的一大撮头发在头顶上兀然耸立。

的确像一只巨大的鸟。

但问题是，究竟是什么鸟？

哦，阿特伍德，他忽然想起来，在一本书上，阿特伍德似乎发表过关于鸟的高论。什么书呢？

晚上回家之后，他终于在一本名叫《见证与愉悦》的书中找到了那段话：

“她有野鸟般摄人心魄的眼睛”，这种句子使我疯狂。但愿我能够写出这种句子而不尴尬。但愿我能够念出这种句子而不感到难堪……

“她有野鸟般摄人心魄的眼睛”，啊，但是哪一只？也许是一只尖叫的猫头鹰，或者是一只杜鹃？那可很不一样。

这种发疯的处女座让世界变成荆棘丛生的地方。在我们这里，我们真的不会在意那只鸟是哪一只，我们喋喋不休地议论或争论，我们很可能会为一只野鸟相互撕咬或发动战争，但是，我们永远不会使我们的争论进入“哪一只”，我们始于抒情和隐喻，并在抒情和隐喻中达到爽点和嗨点。

但是哪一只？哪一只？

这疯子一定要知道是哪一只，你必须明确你的所指、澄清你的条件，你才能做出可信的描述和判断，你才知道自己说的是什么，这是一种多么不同的习惯。

好吧，他叹了口气，合上书，为了让她别再那么抓狂，他喃喃地说，那是一只大白巴丹鹦鹉。

离开北大已经三十多年了。这三十多年来，他们处心积虑、加班加点地在干一件事，就是要让他在今天找不到路。“遂迷，不复得路”，他不知在哪儿看过一个关于桃花源的解释，也许，那个渔夫误入了平行时空，当然也可能他进入了幽灵世界。他使劲想也想不起这里是哪里，再向南去应该就是“三教”，那里有一个巨大的操场，操场的东边是游泳池。但现在，了无痕迹。有一瞬间，他想起 1981 年的夏天，那是另一个桃花源，一个遥远的伤感的衰老的故事，而今天，要谈的是一件新事，让我们面向未来。

——网络文学。他想起 2010 年夏天，在复旦的一个会上，他曾经力图清晰地表达他的情绪，是的，那是情绪，混杂着幽怨、委屈和恼怒：那不就是通俗文学和类型小说吗？他们曾经被新文学运动压下去，终于在网络空间上卷土重来，萧瑟秋风今又是，前度刘郎今又来，换了马甲，就真的认不出来了？当年被打入阁楼的“旧文学”有了一个指向未来因而隐含历史正当性的名字：网络文学，而谁能想到啊，鲁迅、胡适、茅盾，他们的“新文学”竟成了“传统文学”。革命尚未成功，怎么革命者就被革了命，我还以为我是“先锋”呢，转眼间怎么就鸳鸯齐飞、黄花谢了一地？

你是说这是一件很旧的新事？中场休息，站在门外抽烟，许子东问道。

是啊。或者说，是很新的旧事。

六年过去了。现在，他和陈晓明坐在邵燕君的两边，是的，两个“传统文学”的代表，“传统文学”“纯文学”“严肃文学”“高雅文学”“主流文学”……你有太多的名字、你失去了你的名字。好吧，也许一切都已安排妥当，你现在已经习惯，你就是传统文学。

但坐在中间的燕君女士却在谈论电子文明和印刷文明。问题已经不在文学，更不在百年来中国文学的分合兴替，我们面临的是世界范围的媒介革命。电子文明正在取代印刷文明，你必须从媒介革命的角度去理解网络文学。

山雨欲来风满楼，事情正在起变化，革命的性质和规模和影响已经进入了全新的阶段。麦克卢汉的幽灵此时就站在燕君身后，这是另一个加拿大人，一个威严的先知，媒介即内容！他说得多么好，一切终将到来，一切必将结束，那只巨鸟——好吧，那是一只电子时代的兀鹰，它正在展翅滑翔，注视着草原上印刷文明的角马或者羚羊。

他不知道阿特伍德对此有何高见。他真希望看到这尖刻的女人碰上麦克卢汉，先知死于 1980 年，他们两人应该见过。

但是，他正在和燕君和麦克卢汉和晓明聊天，他得说点什么，好吧，现在有请钱先生。他说，那天杨绛先生去世后，我又把《管锥编》找了出来。正好，钱钟书先生也谈到了媒介革命。

媒介即内容。他记得钱钟书也这么说过。

那是在《管锥编》第一册里。他有两套《管锥编》，都已经发黄，一半是因为时间流逝，另一半还是因为时间——如果实在需要打发时间，比如漫长的旅途，他有时会带上一本《管锥编》。在燕君与网络大神猫腻的对话中，猫腻恶狠狠地说，时间需要杀戮！这是他给出的网络文学的根本理由。他说得不错，我们的时间都需要杀戮，就像时间终会把我们收割而去。但是，我还是愿意用《管锥编》杀时间，知识的碎屑，如沙漏之沙，或者，像旧时守节的寡妇，在黑夜里，点一盏孤灯，把一地的黑豆、绿豆、红豆一粒粒拾起。

现在，钱先生谈《春秋》。《春秋》有微言大义。《春秋》经文逐年记载二百九十五年事，只用一万六千字，简略到了不讲理。但古人认为，圣人如此简略，一定有道理，这是出于精心设计的修辞策略，关于世界是怎样和应该怎样，圣人必有判断，但是，圣人不明说，大音希声、大智若愚，圣人力图在无限接近于沉默的言语中隐约其词。“为例之情有五,一曰微而显，文见于此，而起义在彼……二曰志而晦，约言示制，推以知例……三曰婉而成章，曲从义训，以示大顺……四曰尽而不污，直书其事，具文见意……五曰惩恶而劝善，求名而亡，欲盖而章。”（杜预《左传正义序》）总之，这位圣人——假设他是孔子，实际上恐怕不是，他在写《春秋》时如此小心翼翼，语焉不详，三百年风云激荡于胸，吐出来时幡不动心也不动。

为什么要这样?《公羊传》的解释是,圣人怕得罪人。《汉书·艺文志》里说:“春秋所贬损大人当世君臣，有威权势力，其事实皆形于《传》，是以隐其书而不宣，所以免时难也。”这个说法广为流传，几乎就是定论，但《左传正义序》中，杜预注意到了这个解释中潜伏的道德疑难：如果他是如此谨小慎微的一个圣人，他还能算圣人吗？“圣人包周身之防，既作之后，方复隐晦以辟患，非所闻也。”没听说过有这等缩头的圣人，所以，杜预的解释是：“言高而旨远，辞约而义微，此理之常，非隐之也。”

关于这件事一直在争论，但争着争着双方渐渐变成了一方，诗学、史学、美学都是由《春秋》来到《春秋》去，要义皆在“言高而旨远”，至高境界就在隐约闪烁之间。

但钱先生真是聪明，他说，你们真是都想多了。关键是媒介，关键是那时还没有进入印刷文明，书写所用的是简与帛，简要砍树伐竹，帛要养蚕吐丝，怎么可能下笔千言，怎么可能日更万字。哪里有什么微言大义、隐微修辞，实在是写不动了，只能越少越好，越简越好。

好吧，钱先生就是这么说的。

后来，邵燕君说：同学们都说，你真懂啊。

——我不懂。在我的有生之年，我还会留在原来的草原上，至于最终会不会被兀鹰消化和排泄，那与我何干？正因为这件事和我没什么关系，我才可以任性地谈论它。

可说的，都是无关之事。无关到了云端和地面、今生和来世，人们才有这么多话可说。

但有时，你必须小心翼翼，步步惊心。

他有时想，也许那位撰写《春秋》的圣人既不是怯懦，也不是懒，他只是对语言怀疑到了骨子里。他知道，能够说出来的大半是假的，能够形诸语言的必定已经与真相相距甚远。年复一年，他枯坐檐下，遥望世上万事，他在想，要什么样的狂妄才能判断，要何等的鲁莽才能说出人们的心中所想。

那天早晨，他放下《别名格蕾丝》时，年轻的精神病医生西蒙·乔丹还在1859年和那个名叫格蕾丝的女杀人犯聊天儿。看不出有什么进展。到目前为止，格蕾丝一直在回忆她的生活：混乱、饥饿、恐惧的生活，但在这个限度内，人也自有她的快活和幸福。她快要说到案发当天的前夜，他想他其实已经知道了结果，他确信，阿特伍德写这么长一本小说不是为了证明杀人犯是杀人犯，格蕾丝必定是无辜的。但乔丹医生感兴趣的，显然不仅是当年那桩骇人听闻的谋杀案的真相，他想打开和确认格蕾丝这个人，她是谁，她何以如此，她的每一寸思绪和经验，推动她走到今日的所有力量和动机……

一个年轻的，相信科学、相信进步、相信世上万事皆可解释而人心和人的命也必可解释的精神病大夫每天和这个杀人犯谈话，乔丹医生煞费苦心地探测她的记忆。这个女人活在深渊里，她所经历的一切，乔丹医生站在岸上，无法想象。

1859年，弗洛伊德还是个三岁的孩子，刚刚度过了危机四伏的肛门期。据他后来的理论，在这一时期，一不小心就会形成乱拉乱尿、放肆无礼、胡说八道的排泄型人格。而乔丹医生，他是弗洛伊德的前辈，在他的时代，千奇百怪的招魂术正在上流社会盛行，他当然不相信那些，他确信，正在萌发的现代精神医学将能够澄清人心，当然这里没有水晶球或者鞭子，但是，这里有一个苹果或一个土豆，说吧，记忆，你只管说，任意滑行，让我来告诉你，什么是真的，什么是原因的原因的原因……

——这是一门精微的技术，小心翼翼地辨别，揭开一层层的遮蔽，最终还原出那个真实的、被你自己遗忘的你。

这是手艺。是冷静、精确，还有克制的快感。这是一张旧画，被时间、氧气、灰尘和PM2.5侵蚀涂改。现在画面朝下，在案上展开，用一公斤的不锈钢镇纸压住，均匀浇注热水，浸泡，等待，等着那层糨糊渐渐泡开，然后轻轻地揭去背后的托纸。那张纸是为了托裱这幅画，让它能够挂上厅堂，它已经和画融为一体，它又叫“托心纸”，以心相托。可是现在，它被泡开了，与心相离。

她说：你试试。

他小心翼翼地揭起一角，有一刻，他不能确定是否真的把它们分开了，但分离已经开始，正在蔓延，越来越确定无疑。像刀片划过皮肤一样确定。他的手慢慢提起，那张纸从另一张纸上渐渐站立起来，他能够感到分离的张力，粘连、留恋和决断，他感到一种隐秘宁静的快感，是如酥细雨，是一笑轻身。

那张画安静地伏在案上。

它现在是透明的，色彩和笔触，静静地悬浮在纸和水的内部。

他惊叹地看着，他想，即使是画家本人也不曾见过这个景象。

她说：你看，这算是洗干净了。

他指着那画面上方一片淡墨色的霉迹：这怎么办？

她笑了：没办法。可以用草酸去掉它，但是，这样就会破坏纸的纤维，颜色也会比画面更白。当然，可以补色，但无论怎样，这张画都会受伤。

是的，我们本不该奢望得到一张原初的画。他想。

修画的楼老师是张伯驹后人，那天坐在午后的阳光下，漫说当年旧事。他提起袁克定，袁世凯的长子，是张伯驹先生的表哥，晚年潦倒无依，被张先生接到家里照看。20世纪80年代，陈伯达出狱后，白首寂寞，闲话天宝，不知怎的，也说起了这位“洪宪太子”：

> 进北京不久，大概是因为我写了《窃国大盗袁世凯》吧，有人告诉我袁世凯的儿子袁克定现住在北京。有一个星期天，我想到街上随便走一走。我坐车到袁克定的住处附近，下车后向路边的人打听到袁的家门，就进去了。进了一间房子，有个人正躺在床上。我问他是不是袁克定。他回答说是。我跟他随便寒暄了几句话。那时他病得比较厉害，大概袁世凯倒了以后，他只靠些过去的积蓄过日子，这时候积蓄已花费得差不多了，生活比较困难。我说了些注意养病的话，就走了。他以及附近的人当然都不知道我是谁。他们不会想到写《窃国大盗袁世凯》的人会去看袁世凯的儿子。记得我和彭真提起过这件事。听说后来北京市对袁克定有了安置，每个月给他发些生活费。

袁克定1948年起寄居张家，当时张伯驹所住的是承泽园，在今北大畅春园西北。1952年承泽园卖给北大，又过了半年，张家迁居城内后海附近，另外在西城买了一处房子供袁克定居住。陈伯达的探访应该就发生在袁氏住西城期间，那至少是1953年，并非“进北京不久”。在张家人的回忆中，章士钊在中央文史馆给袁克定安排了一个闲差，每月五六十块钱。但这也许是陈伯达给彭真打招呼的结果。

此一段旧事他当年随手抄在本子上，也不知是从哪本书上看来。那天下午，和楼老师闲谈，说起袁氏落魄，火气全消，为人极是谦和。过到极窘处，每日窝头就咸菜，夷然无不平之意。只是德国留学的老毛病改不掉，窝头用刀叉切着吃。孤处陋巷，门开处有客来访，来的是写了《窃国大盗袁世凯》的那人，他却也不知。

这件事里，新旧鼎革之际，尽是苍茫中国，悠长岁月，个中况味难言矣。那一日，别了楼老师，他下楼走到池塘边，闲看水底斑斓锦鲤。一少年坐在池边石上，手里一个烧饼，掰一块投向池中，看一会儿世界乱了，群鱼唼喋。

“那一只老了。”

顺着少年的眼光，他看见一条大鱼静静沉在水底。

“好些天都不想吃东西了。”

“你认识他？”

“我在我妈肚子里就认识他。”

“哦，你是说你妈怀着你的时候就天天来喂鱼？”

少年不答。掰一块饼递过来。

他接过饼，慢慢放进嘴里。

他忽然想到，福楼拜《淳朴的心》里也有一只鹦鹉，它来自殖民地美洲，名叫鹭鹭，一个孤独的巴黎女仆收留了它，渐渐膜拜它。它死于1837年，然后，“有一天，她发现，有一幅埃比纳的版画，画着主耶稣受洗。她觉得那画上的圣灵特别像鹦鹉，它那绯红色的翅膀，绿玉般的身体，简直就是鹭鹭的写照”。

他合上《福楼拜中短篇小说集》。这一天他在1859年和印刷文明的未来之间奔波，现在一不小心又到了1837年。是的，革命一直在发生，福楼拜笔下的"七月革命"，阿特伍德笔下的"大造反"，还有下午的媒介革命。我相信媒介革命正在发生，但正因为如此，它对文学提出的问题首先是内在的网络性问题。伍尔夫他们曾经深入思考铁路、电报、机关枪对人意味着什么，那么在网络时代、媒体和自媒体的时代，人们的经验、人们的内心发生了什么？写作的新的可能性或不可能性如何展开？

——他觉得他掌握了主动权，他喜欢网络性这个词，这个词使他确信，游戏依然在他熟悉的界面上运行。

但是，他又看见了那只大白巴丹鹦鹉。他忽然感到一阵无端的焦虑。那位可怜的乔丹医生，他最初以为他会和格蕾丝发生点什么，医生爱上了女病人。但是，那天早晨，他已经对此不抱希望，这个自信能够把握自己，也能够探知人心的家伙，他很可能会在他意想不到的地方沦陷，就像他做的那个梦：一条围巾或是面纱在飘浮，“他跑着去抓住它，跑出了院子，跑上大路——他当时在农村——跑进田野，跑进一个果园，那布被缠在挂满了绿苹果的小树的树枝上，他把它拽下来，那围巾掉下来，盖在他的脸上，他才知道那不是布，而是头发，一个隐身女人的芬芳的长发，缠在他的脖子上，他挣扎着，但被紧紧地缠住了，简直不能呼吸，那感觉既使人痛苦，又几乎让人不可忍受地激发性欲……”

——我敢打赌，那女人不是格蕾丝。如果一定让我猜，我会选他那位可怕的房东太太。

他想，阿特伍德，她什么都知道。人是多么软弱，因为善，或者因为关于善的言辞。我们这么说着，我们就真的以为那是我们可能和必定成为的样子。而这恶毒的女人，她亮出底牌，别再说了，别再聊下去，你们对自己、对一切所知甚少。

他向教室外走去，他注意到那只巨大的鹦鹉正尾随而来，这时，他忽然想起他是认识他的。

李老师，请问你对杨绛先生去世有什么感想，你对陈忠实去世有什么感想，你对有关钱钟书和杨绛的争论有什么意见你对贾平凹《极花》人贩子直男癌有什么意见你对……

考古

他坐在台阶上，望下去，天下热闹。国家博物馆的内庭如此高旷，设计者的本意是让人慑于自己的小，收起来，低下去，正心诚意。可现在，这里是盛大的集市，人群汹涌，谁顾得天高地厚，到处跑着亢奋的孩子，跟着疲惫的家长。

放假了，国博比国贸热闹。缓缓站起来，右膝硬着，但不再刺痛。他下楼走向南馆。《丝绸之路与俄罗斯民族文物》在南馆三楼，他想，他们本该把这个展览放在北馆，而《海上丝绸之路画展》倒应该在南馆，画的都是往昔的广东和南洋。

他刚在画展的开幕式上讲完了话。那些画让他想起以前看过的18、19世纪西方人在远东留下的速描或版画，波涛、船舶、广州十三行或澳门的街景。不同的是，那时，我们被观看，而现在，一个中国画家变成了观看者。

——这当然是至关重要的转变。他加重了语气：这意味着中国正在重新界定自己的历史和未来。

话说完了，不溜出来还等什么。他不是一个尽职的听众，当然，他知道，自己的话其实也没人要听。南馆的三楼明显清静了，走到展厅门口，却被一身黑衣的博物馆小姐拦住：收费的啊。

哦。三十块。摸出钱递过去，小姐小脸一扬：那边！

那边是收款台。交了钱，拿了票，他觉得膝盖又疼起来。

展厅里寥寥几个人，他有一眼没一眼地转着，想了想为什么好好一个姑娘，一张嘴收费就活像一个衙役，显然，在上意识或者下意识里，她是把收费准入当成了一项权力。而且国博的制服能不能别这么黑和酷，看看人家俄罗斯各民族的衣裳，撑在架子上，关在橱窗里，随时会破窗而出，跳舞。

他端详了一会儿顿河哥萨克的服饰，想象了一下格利高里和阿克西妮娅穿上衣裳的样子，忽然想到，这展览和丝绸之路真没什么关系。是的，展厅进门有一张图，一条线蜿蜒横穿俄罗斯南部，从西伯利亚到伏尔加河到里海，这是丝绸之路的北路，而这个展览不过是排列着沿线各民族的服装和器物。他想，穿着这些衣裳的人，他们并不知道他们所生息的地方是丝绸之路。他们的空间被重新命名，然后他们的生活被赋予新的意义。

——当然，这个展览一定是中方策划的。世界正被重新整理。

其实，中国人本来也不知道丝绸之路。一代一代的人走在路上，贸易、求法、征战，但他们并不知道那是“丝绸之路”，对他们来说，那只是自家的命，是世间的缘与苦。直到拉铁摩尔造出了“丝绸之路”这个词，直到斯文赫定写了《丝绸之路》那本书，大漠风烟、酷热苦寒、白骨和血汗，都有了一个名字，隐隐闪光的、柔软华美的名字:丝绸之路。

像沙丘一样柔软，他忽然想起80年代曾经看过日本NHK拍摄的纪录片《丝绸之路》，目瞪口呆、心驰神往；喜多郎的配乐魅惑绵长，当年他买了盒带，日日播放，抽丝一般，在脑子里缭绕，快绕出一个盘丝洞了……

必须感谢拉铁摩尔，给他发一吨丝绸。他赠予我们一个好词，这个词让我们以另外一种全球视野看待我们的历史，重新发现和整理我们的记忆和经验。边塞和穷荒本是天下尽头，是边缘和界线，现在，由于这个词，界线被越过，你必须重新想象中国，在北方之北、在南方之南，想象它的另一种历史面目，并由此思考未来。

老马告诉他，这是范仲淹的庆州。

他知道。来之前他百度了甘肃庆阳，知道今之庆阳便是古之庆州。他正在庆阳的街上狂走，他必须让手机上微信运动的显示步数达到一万，然后沮丧地看着居然还有疯子达到了一万五、两万甚至三万。

老马说：他在这儿写了《渔家傲》。

是的，这个领兵的文人，他祖籍苏州，在山东度过了惨淡童年，然后读书、做官，他可能从未想过有朝一日他会成为一个带兵的人，来到这偏荒的庆州，杀伐决断，看着人因他的命令而死，血流于黄土，孤儿寡母哀哭。

老马走得从容，几乎是迈着方步了。他是本地人，他安稳地走在从小走到老的地上，晚上刚喝了几杯酒，老马忽然对着空旷的街朗声诵起《渔家傲》：

塞下秋来风景异，衡阳雁去无留意。四面边声连角起。千嶂里，长烟落日孤城闭。

浊酒一杯家万里，燕然未勒归无计。羌管悠悠霜满地。人不寐，将军白发征夫泪！

诵罢，老马向他一指，笑道：这是你们京城来人的牢骚！

——北宋康定二年，1041年，范仲淹以龙图阁直学士出任陕西经略安抚副使，兼延州知州，次年改知庆州。延州乃延安，庆州为庆阳，由陕北到陇东，文雅风流的大宋面对着血气方刚的西夏的挑战，在儒者范仲淹的对面，是马如龙、刀如风的李元昊。

范仲淹顶住了。宋以后，书生领兵，最成功者曾国藩。范文正比不了曾文正，但也绝非纸上谈兵的书生，他定得住心，吃得了苦，最终把战线稳定在庆、延一线，不曾退却。

他必须在庆州站住，他身后是万里江山、天下安危。但他的心却是一座封闭的孤城，此来身是客，欲归无留意，抬望眼，看衡阳雁去——站在甘肃庆阳，他的目光追随雁阵，一直飞到湖南衡阳，那里是南岳衡山，七十二峰第一峰，名为回雁，南飞之雁至此回还。在中古华夏，大雁也飞不出人的世界观，雁止处便是天尽头。范仲淹之心从极北飞到极南，划出他的天下的界线，这就是他不得不守的孤城，端坐城中，便是中原、开封。

范仲淹去过衡阳吗？他不知道。他只知，范仲淹并没有去过岳阳,却应好友滕子京之请写了一篇《岳阳楼记》:“不以物喜，不以己悲……先天下之忧而忧，后天下之乐而乐。”

那天，在老马家里，他看着墙上那幅地图——这里便是庆州庆阳，纵马南下即是长安西安，当年周人便是由此路下了岐山；庆阳东去为延州延安，陕甘宁边区，所谓甘，就在庆阳；而由庆阳向西，是固原，是六盘山，正是当年西夏南端，成吉思汗北伐西夏，死于此山，而1936年，毛泽东于此山吟出《清平乐》:“天高云淡，望断南飞雁”，雁仍是范仲淹所望的雁，但望断了、蓦然回首，前边原来是浩浩荡荡的新地新天。

宋人的天下小。宏远如范文正，他的天下也是小。范仲淹心里的天下，向西向北都不曾越过固原，向南甚至不越衡山。对大宋朝的文人来说，最残酷的迫害就是把他发往广东，再狠一点，置之死地，那就是海南岛。

老马取出一本宋人魏泰的《东轩笔录》翻给他看：“范

文正公守边日，作《渔家傲》乐歌数阕，皆以‘塞下秋来’为首句，颇述边镇之劳苦，欧阳公尝呼为穷塞主之词。”

欧阳修的取笑正点出了《渔家傲》的词气穷酸。范文正毕竟文人，他的全部教养都使他做不出“元帅之词”，他注定没有一个统帅所应有的冷酷专注的求胜意志，他在做出生死攸关的决定时忍不住沉吟并且玩味这种沉吟，当他终于在 1043 年回到开封，荣升宰相时，他一定是如释重负。

——不，老马，我知道你最看不起文人酸软，但你不能这么看范仲淹。这世上多少见花落泪的文人却不惮于毁灭世界，而铁血的武士也可能在天地不仁中自有一份慈悲。问题不在这里，我宁可相信，欧阳修的这个“穷”指的不是格调，说的是词中天下的狭小、胸襟的逼仄——当然，也许我错了，欧阳修和范仲淹大概共享着同一种天下观，我要说的是，不管欧或范怎么想，他们的“天下”不过是困守中原，如此之小、如此之“穷”，越来越小，越来越“穷”，直剩下“残山剩水”，直剩下寥寥酸儒困于天地一角、汲汲于“华夷之辨”。

从庆阳到兰州，飞于天，下瞰黄土高原。深沟中、巨塬上，所有平坦的地方都被开垦、种植。按老马的说法，此地是上古农业的发源地之一，考古发掘中，几乎所有旱地作物的种子都有发现。

拉铁摩尔是对的。他想，你飞在天上，看着这自古相传的田地，你就会明白，所谓边地、边塞、边疆，不仅是、甚至主要不是政治和军事的界限，不仅是分隔、冲突和征战，这里是生活区域，是不同的文明、不同的生活相遇和共处的地带。这里的人们有自己的历史，有繁盛自足的日子，这种历史和日子并非仅仅由远方的某个中心颁布和书写，在这里，不仅有白发的将军和思乡的征夫，这里还有农夫、牧人、商贾、僧侣，他们共同构成了历史的和生活的主体。

为什么范文正公就看不到呢？

莽莽苍苍——他想，范仲淹至少不曾从天上看见这山河大地。他需要的不是一只大雁而是一架飞机，在飞机上他就会知道，这大地上的每个点，落下去便是中心，南与北、中心与边缘本来是相对而言。

当然，即使驾驶着飞机可能还是想不清楚这个问题。他忽然想起圣埃克絮佩里，这伟大的飞行员，他属于人类最早一批职业飞翔者，而且还是个文人。

他不记得是在《夜航》还是在《人的大地》里，圣埃克絮佩里眉飞色舞地讲了一段八卦，关于法国殖民者如何收服那些桀骜剽悍的北非穆斯林酋长。据圣埃克絮佩里说，办法很简单，殖民当局把酋长们带到法国地中海边的尼斯观光旅游，下了船放眼一望，酋长们就蒙圈了、呆住了，信念就动摇了：如果这些法国人是邪恶的异教徒，那么，真主为什么把这么美好的地、这么多的水和绿树赐予他们？

听上去像是一个毁灭性的问题。

圣埃克絮佩里说，法国真的就此收服了很多酋长。

他对着圣埃克絮佩里笑了。这“小王子”的作者，真是天真可爱。他后来在战争中下落不明，假如他还活着，假如他活到现在，他就会明白他是多么轻率，他会看见，尼斯的血在恐怖中流淌。

至少，你必须确信，每一个地方都自有一颗秘密的心脏。

自宋以后，中国书生就不再具有汉唐胸襟、帝国视野。他们的天下越来越小，而且他们看天下的视角只有一个，就是京城。不管他们身在哪里，他们都是心在京城，都是从京城、从文明的中心地带遥望着此地。

——一边说着，一边心虚着。他现在是在人民大学，一个史学重镇，在人大高谈历史，这是多么狂妄。好在，他的听众是中文系的学生。

他在讲《作为方法的边地》，他希望在“一带一路”的视野下重新认识我们的历史和文化。他知道，他正在无耻地越出他的知识范围。

是的，如马前泼水，有些错无法挽回。有时他会想起1980年，他本可以选择成为历史系或考古系学生，当然，还有当时的北京广播学院后来的传媒大学的招生人员跑到他家里，说你应该去我们的播音系。

播音？那不就是念稿子吗？

父母大人一脸的轻蔑。好吧，你们以后终于知道你们做了什么决定，你们就这么扼杀了一个白岩松啊。

至于历史或考古，两个北大考古系毕业生连想都懒得想，我们家还缺挖墓的了？

于是，他成了中文系的学生。他一直觉得这是一个错误。也许，对一个摩羯座来说，真正可做的永远是寻求确切的知识，而不是研究人们如何发脾气或者闹情绪。他常常会为别人的种种脾气和情绪而暗自羞愧。他想，我们对世界所知如此之少，因为少，我们才相信自己真理在握，才敢于任性，我们只不过是一辈子全力以赴地证明自己是多么好多么可怜或可爱。

然后，在兰州，他不得不对着很多人谈论诗歌。他坐在翟永明和欧阳江河旁边。他想，他对诗真的没什么可说，坐在这两位旁边就更不能说了。

健谈的欧阳救了他，欧阳忽然提到一个词："未来考古"。

等等，让我来！——他想他至少可以谈谈这个"未来考古"，虽然他根本不知道"未来考古"是个什么鬼，但是，至少这里还有一个"考古"。

现在让我们想象一下，几个人来到未来，他们是考古队员，他们已经身在千年万年以后，那时我们电脑里流动和储存的东西已经消失无踪——别跟我说它们将永世长存，我 1994 年电脑里的东西都已经找不回来。

所以，对这些未来的考古学家来说，我们和二里头文化或者良渚文化没有什么差别，他们要想获得关于现在的知识，唯一能够凭依的依然是残留的、确切的物质。

于是，问题就全在于他们能挖到哪儿了，一个工厂？一座办公楼？或者挖出此时我们所在的这个金城剧院？

——我们希望如此，因为这样他们就会对我们的文明有一个比较体面的认识。但是，千年万年后的事谁能担保呢？万一他们挖到一个废品收购站或者一个垃圾掩埋场呢？我们会为此感到羞涩和沮丧，而他们，那些考古队员们一定是欣喜若狂。因为，恰恰在这里，在我们认为我们的生活中最不重要的地方，他们发现了被我们遗忘的秘密，发现了我们从来想不到要留给后人、告诉后人的那些事。

或者说，我们的面目，可能最终是由那些我们认为不重要的事物所塑造的。

他忽然想起斯坦因在《沙埋和阗废墟记》里记下的一段奇遇，他在尼雅附近一处流沙半掩的古代住宅区的废墟里掘开了一个垃圾堆——是真正的垃圾堆。实际上，我们常常忘记，除了墓葬，人们的城池或聚落通常都是因战争或天灾或迁徙而主动放弃的，不管什么原因，人们总是会尽力收拾带走他们认为珍贵的东西，而把垃圾堆留给后人。

斯坦因的垃圾堆大概属于3世纪西晋武帝时期，他在其中收获颇丰，“三个漫长的工作日，我闻够了许多世纪后依然刺鼻的臭气，也吞进了大量的幸亏如今已经死掉的古代细菌”。但是，他翻出了一批写在山羊皮和木牍上的佉卢文文书，其中一块木牍有两枚封印，一枚是汉文篆字，一枚是希腊神像……

他注意到主持人正在意味深长地看他，哦，跑题了。

好吧,今天的主题是“西部诗歌”。但是这和“未来考古”密切相关。问题在于，我们借以界定自己的那些东西往往出于我们对自己的误解，或者说，我们的自我想象常常不过是根深蒂固的幻觉。而那些被我们弃置在垃圾堆里的杂物，那是我们最真实的生活经过消化之后的剩余，是我们生活的根基所在。谁知道我们在未来会被如何言说？比如范仲淹曾身在甘肃，他带兵打仗，在这里待了一年，但是，一年之久，他看到的是刀兵和生死，他完全没有看到这里人们的家常日用。如果你回到大宋，你见到范仲淹，你问他何处是丝绸之路,他不知道。他不知道他脚下这条路原来也是另外一条路。

所以，何处是“西部”？西部是不是从洛阳或者开封或者北京指认出来的西部？从外面对这个广大的区域做出文化、历史和地理的复杂界定——但再复杂也注定是简单的。比如，史学界有人画了一条漠河——腾冲线，这条线以东是农耕文明占压倒性优势的地区，包括朝鲜、日本和越南，这条线以西是农耕文明和游牧、草原文明相互冲突和影响的地区。对不对姑且不论，但这也提醒我们，当我们把西部定义为传统中原文化的保留地和后花园时，这里是否存在知识上的盲区？更不用说把西部和原始、蛮荒简单地联系在一起。这些究竟是外部指认的结果还是我们身在此地的自我发现，还是我们身在此地，但不自觉地反复进行着自我的外部化？

好吧。不说了。

他站在国博展厅，看那些画。他喜欢那艘船，红头船，那是清代乾嘉年间的潮汕海船，专为远航暹罗而造。船艏和桅杆漆成红色，绘着大鱼之眼。那就是一头巨大的红鱼。

南海有鱼。大鱼去处，天下随之伸展。

那一年，范仲淹在庆州，行至一条河边，这个苏州人看到了碧水清流，心甚乐之，但是，陪同的当地官员对领导说：“此水不好，里面有虫！”

范仲淹答曰：“不妨，我亦食此虫也。”

所谓“虫”，原来是鱼。范仲淹当然吃鱼，但庆州人不知有鱼，亦不吃鱼。直到五六十年代，陕甘人也不大吃鱼。他记起一位老先生曾经笑谈，当年第一次自陕来京，面对松鹤楼的松鼠鱼，心中惊诧惶恐，竟不知如何下手。他想，这不食鱼的习俗恐怕来源深远，当年庆州、延州“羌管悠悠”，藏羌之风浩荡，而藏族人本不吃鱼。

现在，他站在这里，看着这条船。船上都是些什么人呢？船主，他们通常属于一个世代以航海贸易为业的家族；船员，他们很可能都是潮汕同乡。风涛险恶，同族和同乡将相依为命。他们的船上是否有一个文人？范进不曾中举而上船做了账房？他是否会记下船上那些事？他是否知道，那些事比朝廷里帝王将相经略天下的伟业重要得多？

当然，没有。范进宁死也不会上船。夏虫不可语冰，他不知道南方海中有大鱼。

1936年，国破家亡之际，雷海宗先生发表《断代问题与中国文化的两周》，在他看来，“元明两代是一个失败与结束的时代”。然后他写道：

> 在这种普遍的黑暗中，只有一线的光明，就是汉族闽粤系的向外发展，证明四千年来唯一雄立东亚的民族尚未真正地走到绝境。内在的潜力与生气仍能打开新的出路。郑和的七次出使，只是一种助力，并不是决定闽粤人南洋发展的主要原动力。郑和以前已有人向南洋活动，郑和以后，冒险殖民的人更加增多，千百男女老幼的大批出发并非例外的事。有的到南洋经商开矿，立下后日华侨的经济基础，又有的是冒险家，攻占领土，自立为王。后来西班牙人与荷兰人所遇到的最大抵抗力，往往是出于华侨与中国酋长。汉人本

为大陆民族，至此才开始转换方向，一部分成了海上民族，甚至可说是尤其宝贵难得的水陆两栖民族。[①]

——膝盖剧痛。他想，这就是每天一万步的结果。他的腿本不是用来走路的。他的腿本是依着马背和马腹的弧度生长。他的前世，那个匈奴人或鲜卑人，立马阴山，他看着大地向南展开，如风如电，直到地之尽头，海之北缘，然后，他下马，扑向浩无际涯的蓝水。

这个夏天，游于南洋。

① 《中国文化与中国的兵》，商务印书馆，2014，第 142~143 页。

杂剧

临济和尚说："道流、佛法无用功处，只是平常无事，屙屎送尿，着衣吃饭，困来即卧。愚人笑我，智乃知焉。"

他呆了片刻，问："若只是屙屎送尿，着衣吃饭，困来即卧，要道流、佛法何用？"

和尚垂目，并不理他。外面鸟叫一声，又一声，他想，这禅宗的和尚，说不出理来就要抄棍子打人，问得急了，老和尚真要抄起棍子来，是跑呢，还是不跑呢？不跑，打一个脑震荡如何是好？

医院里，他的脑子在墙上挂着，核磁成像的片子，贴在灯屏上，灯光透射，像一枚饱满晶莹的——好吧，像核桃，硕大的水晶核桃。

他看着，有点得意了，脑子还真是个好脑子。

大夫沉默，给他一点时间自我欣赏。然后，换上另一张片子，手指点过去：你这里有些斑点啊。

只觉得心一紧，是的，这是颅顶的位置，微小的点，像一张卫星拍摄的云图，云层下，在黑色的海洋中闪闪发光，如一组微小的岛屿。

这是北斗七星呢还是南沙群岛呢？

大夫无表情：应该是过去的出血点。

出血点？

他的大脑皮层像黏稠的海面一样涌动，海马体，那对隆起的小扇子扇出一阵阵风，灰尘腾空而起，陈年老灰，带着干燥的涩味，就像那天他走进博物馆的库房，震惊地面对着辽阔无尽的手稿、信件和书。

大夫看着他，不说话。

好吧，他没挨过打，他甚至很少头疼。但是，谁知道呢？他忽然想，也许真的是躲闪不及，当头吃了一棒，然后就醒了呢，然后就知道了道在屎溺了呢。那是一根海南黄花梨的棍子，不，没有那么贵重，临济祖庭在我们河北正定，那只是一根老榆木，年深月久，被汗液和油脂浸润得发着厚重的幽光，他们把那叫包浆，它曾经敲打过很多又秃又硬的脑袋，在黑色的云层中打出闪亮的星星。

冲州撞府。

——那些行院人，那些妓女、院人、伶人、乞者，那些最卑微的人、最低贱的人，他们的脑袋真是硬啊，那是蒙古灭金之后灭宋之前的北方，是幽暗的风雪大地，他们就这般野着、浪着，揣一腔子血、拎一条命，在这世间冲撞过去，是一嗓子吼醒一十八里地，是两行泪酸煞了九百九十九人的心。

世间再无元杂剧。

忽想起那日在西安，听一女子唱秦腔。那女子清清爽爽干干净净如一棵麦，站起来一开口，竟是风雪大作。唱的是《三娘教子》，激情处拔地而起，头顶一块皮都要炸开，这世上所有的委屈冤屈、所有的难处苦焦，竟皆化作了一把刀，白茫茫亮在天地间。

好硬气！这女子本该生在元初，或者，本是来自元初。她该唱：

“不是我窦娥罚下这等无头愿，委实的冤情不浅；若没些儿灵圣与世人传，也不见得湛湛青天。我不要半星热血红尘洒，都只在八尺旗枪素练悬。等他四下里皆瞧见，这就是咱苌弘化碧，望帝啼鹃。”

——这是什么样的艺术啊。他们是野生动物，奔窜于草野，他们从不惧怕被遗忘，当有人试图记住他们时，写下了《录鬼簿》而不是《封神榜》，鬼不被供奉，鬼是反历史的，鬼饮了孟婆汤没有过去和未来。他们不属于文人的、道学家的、知识分子的传统，他们是声音的不是书写的，他们任由他们的声音在风中飘散……

然后，王国维沉到了昆明湖底，然后，还要再等十八年才等到关汉卿诞辰八百年，而今年属于四百年的汤显祖。

良辰美景奈何天，赏心乐事谁家院。会场上，他听着人们谈论着临川四梦，合上这本《宋元戏曲史》。

她很疲倦。从上海到北京，她见了很多人，很可能她这辈子也没见过这么多人——注视着她，热切地听她说话或讲经。她以倾听为业，但在这里，她必须滔滔不绝地说。

现在，她和他面对着满满一堂听众，最后面还站着几个年轻的保安。好像看过一条新闻，这里的保安旁听几年便有人考上了硕士，他想起《西游记》里灵山脚下的黄毛貂鼠——其实，坐在台上的也不是佛，我们其实都是听经的鼠辈，只是有的偷吃了琉璃盏里的灯油，下山变成了黄风怪。

但显然出了问题。那位翻译小姐，此刻她是这会场上唯一的外人，她不熟悉文学。从一种语言到另一种语言，如果仅仅是家长里短就好了，但不是，语言是一座多么庞大的城市，在这城市里，有广场，有博物馆，有办公楼，有菜市场，有咖啡馆和洗头店，有勾栏瓦舍，有无边无际的胡同、大院和公寓，每一种场所都另有自己的语言，如同一个个由行话、暗语、口音、表情、仪式构成的相互区分相互隔绝的部落。人在这些场所穿行，人有时会噩梦般落入完全陌生的部落。现在，这位翻译小姐发现，世界上不仅有汉语、有俄语，还有北大燕春园语，这里的话可比汉语和俄语难懂。

所有人都听出来了，翻译正在艰难地翻山越岭，上山时背负沉重的行囊，下山时东西已经扔得所剩无几。

她也听出来了。他转过头看她，从他的位置只能看到她的侧脸，她长得有点像一只阴郁的渡渡鸟。

要冷场了。这时，舞台上需要有人说话，元杂剧中，这叫吊场。他看见主持人向他大抛眼色，好吧，那就说几句。

阿列克谢耶维奇女士，你好！

他放下笔，端详着纸上的这三个大字：

布拉格。

墨很黑，尽管蘸了白水，字还是黑的，而且大，像三头牦牛。当然不好看，但你碰见一头牦牛不会思考它是否好看，关键是它足够大、厚和重。他想他有点理解那些挥舞着拖把写大字的人了。

俗物。成为一个不知羞耻的俗物原来是容易的。给你一支大笔，横冲直撞只管写去，杀猪杀得黑猪满院子跑，有人围观有人尖叫，好吧，你会对着你制造的废墟顾盼自雄。

但为什么是布拉格？

他想了想，一时也不知从何说起。这里有一张案子，有一捆宣纸，有大笔和黑墨，就缺一个写字的人，然后，他被众人推过去，大笔一挥，却不知为什么要写“布拉格”。

他力图给自己一个解释。那个城市，曾经属于一个帝国，属于又一个帝国，现在，某种意义上，它仍然属于一个帝国。但是，这个地方却永远有一颗地方化的心，它专注地注视着自己，世界大战也不能转移它的视线，维也纳或莫斯科也不能让它分心，它永远在帝国之内和帝国之外。

他想起卡夫卡那句著名的话：上午战争，下午游泳。

然后，他想起奥匈帝国外交大臣伯克托尔德伯爵的逸事。就在卡夫卡游泳前的那天晚上，全世界都在等待塞尔维亚回复帝国的最后通牒，1914年7月31日，有人看到，伯克托尔德出现在维也纳一个男妓聚集的地方，一个俊美的年轻人向他走去，然后两个人一起离开。

——就在此时，卖报人冲进那个地方，高喊："开战了！奥匈帝国入侵塞尔维亚！"

透露这件八卦的凯斯勒伯爵写道：伯克托尔德挑起的世界大战爆发了。

卡夫卡当然不知道这件事。他也不知道，他和帝国之心相反相成的隐秘联系。

是的，这是问题所在。他面向听众，他没有看阿列克谢耶维奇，这是剧场中的“背云”——在剧情的进展中，你有些话要说，但不是对着台上的角色，而是对着观众说。

问题是，在这本《二手时间》里，我们能够感到所有的人都有一颗帝国之心。他们的心多么高贵辽阔，那些俄罗斯人，那些武士、艺术家和诗人，他们的心里绵延着原野、战争、集中营、人类的前途，他们真是太庞大了，但是，他们容不下世俗生活。所谓“二手时间”，在一个中国人看来，这是在说，只有历史的、体现着绝对精神的时间——别忘了，这个民族不仅是希腊的、拜占庭的、东正教的，也是黑格尔的——这种黑格尔式的时间，才是第一手的、真实的时间，而眼前的时间，是二手的，是伪造的，是贬值的，是荒废的，是谬误，是噩梦。这个民族无法在此时此地安顿自己，无法在世俗生活中安顿自己。

在这个意义上，这里所有的伤痛怨愤都是源于一种宿命的、不可救药的委屈：从战场、广场到菜市场的委屈。

——老旦上场，李婆站定，念出四句定场诗：

教你当家不当家，及至当家乱如麻；早晨起来七件事，茶米油盐酱醋茶。

终于找出了那本《时代的喧嚣——曼德里施塔姆文集》，2008 年俄罗斯之行时他曾带着这本书。他翻遍了书柜，最后在《阿拉伯帝国》《伯林传》《明季西洋传入之医学》《做门徒的代价》下面找到了它。他记得，曼德里施塔姆似乎谈到过俄罗斯的语言。

哦，在这里，第 167 页上，曼德里施塔姆写道：

“俄国语言的希腊化天性会与其生活性相混淆，希腊式理解上的词，就是一个能动的、解决事件的肉体。因此，俄国的语言自身就是历史的，因为它就其总和而言就是一个汹涌的、事件的海洋，是一个理智的、呼吸着的肉体不间断的体现和行动。没有任何一种语言比俄国的语言更有力地抵抗指称、使用的使命。”

——这就是了。他懒得寻思曼德里施塔姆在这篇写于

1922年的《词的天性》中究竟要说什么，他对他的大脑感到满意，八年前在莫斯科或彼得堡所读的这段文字还在他脑子的某个海沟里暗自漂荡，直到看到《二手时间》，看到阿列克谢耶维奇，它忽然冒了出来，还魂附体，在汉语中以功利性的、指称和使用的方式发出声音：

我想问的是，您把录音机放在每个人面前，然后我们就看到了这本书，但是在这本书里，一切都经过了您的剪辑、整理，您在这样做的时候，显然有自己的设计，自己的意图，也就是说，您行使了某种权利，包括在绝大部分时间里假装自己不在的权利。

——实际上，他后来想，您当然不是凭着索尼录音机得到诺贝尔奖的，您是导演，是这宏大戏剧的编剧。

那么，在这个过程中，我们是否失去了一些东西，那是什么？那些说话的人，您与他们交谈，但现在对话变成了独语。也许很多人对此感到满意，但是，我想知道的是，那些人，当他们述说时，您如何衡量和判断您如此珍视的“真实”，他们是真的有自己的语言，还是任由着语言裹挟着他们，还是像曼德里施塔姆所说的那样，俄国语言有一种可怕的、无边的自发力量，它包围着、环绕着俄国的文化和历史，并且支配着每一个人？

他不知道她听懂了没有，另一个翻译已经悄然上台，戏接上来了，他觉得该出去抽一斗烟。

那天晚上，他没有陪阿列克谢耶维奇吃饭，他要和几个朋友去吃芷江鸭。一纸降书出芷江，他知道湖南芷江是当年中国政府正式接受日军投降的地方。而现在，他知道芷江的鸭子真是好吃，一道好菜，正该在山野间流水席上吃，宜斗酒、宜婚丧嫁娶、宜庆祝或凭吊帝国的崩溃。

80年代的某日，他在小羊宜宾胡同的一家小馆子里吃涮羊肉——有人恶毒地攻击北京人民的饮食，它有“辣么多”难吃的东西：六必居、稻香村、豆汁、驴肉火烧——这个叫张柠的老家伙伤害了北京人民的感情，他还可以加上炒肝、驴打滚、茯苓夹饼……

但是，必须承认，涮羊肉好吃。元大都留下了两样最好的东西：涮羊肉和元杂剧。那天，几个兄弟吃着涮羊肉，喝着二锅头，座中一人一直在亢奋地大谈昨天晚上——昨晚有人在工体唱歌：

“我曾经问个不休 / 你何时跟我走 / 可你却总是笑我 / 一无所有！”

后来，他知道那是崔健的歌。崔健第一次公开演唱的第二天晚上，酒精、羊肉、血和荷尔蒙在时代之锅里沸腾，这正是他们的声音，这不是歌不是什么狗屁音乐，这是对着世界号叫，在那个晚上，他至少感到了一种自由：你真的不必不好意思，你的嗓子嘶哑，你的五音不全，但是你只管扯开了嗓子，你吼吧，他妈的爱听不听！

夜深了，他们醉醺醺地走在胡同里，鬼哭狼嚎：“这时你的手在颤抖，这时你的泪在流！”

喝高了。他记得那是春天，春和景明，万物发生。北京的地不平，他们互相拉扯着，背靠着墙，顺势滑下去，狭窄的胡同，他们的腿伸开，横霸住道路，世界在旋转，澎湃着所向无敌的荷尔蒙、肾上腺素和多巴胺，那是风雪荒野是莽荡江湖是流不尽的英雄血是挟一枚铜豌豆冲州撞府！

一个姑娘骑着自行车过来，捏住闸，闸皮咬住轮毂的声音，腿支在地上，长腿，从北京伸到布拉格。

号叫停止，他们的腿依然伸在路上。姑娘也不说话，胡同没有路灯，坐在地上看去，她身后上方是一棵树，他想，那是棵老槐树，槐树的枝丫间是月亮。

忽然，一个家伙吼起来：

“噢——你何时跟我走！”

“噢——你何时跟我走！”

很快，变成了合唱，渐渐地，整齐起来，步调一致，都气壮山河了。

那姑娘静静听着。过了一会儿，一骗腿儿从车上下来，忽然把车子往地上一扔，哐啷一声——很多声音已经被我们忘了，比如自行车倒在地上的声音，一排自行车像多米诺骨牌一样倒下的声音。

她笔直地走过来，在黑暗中闪闪发亮，飞起一脚：

“滚蛋！”

踢中胫骨外侧的声音。坚硬的80年代皮鞋。

他想起了鲍勃·迪伦和阿历克谢耶维奇，他们是多么不同的人，像俄罗斯和美利坚一样不同。鲍勃·迪伦，这暴脾气的老流氓，他会不会像阿列克谢一样来到此地，来接受无端的膜拜，他能否忍受没完没了的洪流般的废话？他们肯定还会让他献唱：来一个！好！

那是多么嗨的场面啊。但是他知道，出版社和媒体正在预支他们的失望，不知为什么，他们都不太相信那盛大的狂欢能够来临。

很好，他觉得瑞典文学院的老爷子老太太们至少做了一个有趣的选择，他们让所有人也让他们自己感到尴尬——

他想，你要乐于承受这种尴尬，你要试着越过界线、等级、习惯，越过那么多的深沟和回路，只有这样你的大脑才是个玲珑剔透的核桃而不是一块鹅卵石。这是他们兴致勃勃地给自己制造的问题，反正他们也听不见来自中国的种种喧嚣，他们是否知道他们已经伤害了极少数中国人民的感情？深深地伤害了，他想，中国人宁愿让肯尼亚人获奖，或者让叙利亚人获奖，很好，然后，我们就知道接下来应该怎么办，考虑到中国已经把自己弄成了诺贝尔最大的市场，你不应该不考虑我们的需求和感情。

对面这位小兄弟脸上一副备受伤害、怒气冲冲的表情：他们不能把自己变成追星族，阿多尼斯、罗斯，还有那谁谁谁——他们都比他强。

他看着他，他想，这孩子真年轻，我如果不是太懒，会生出他来的。我喜欢他，喜欢这份真理在握的倔强，但是，幸亏生他的不是我，我不打算除了为他的房子操心还得为他的脑子操心。现在这孩子满怀真诚的愤怒，他真的气坏了，都愤世嫉俗了，他看不起庸俗的大众庸俗的瑞典文学院和庸俗的我，他觉得他属于一个端坐在世界金字塔顶端的小集团，一种关于何谓文学的真理只向着这些被选定的人秘密传授，因此只有他们知道什么是高级的，什么是不高级的，他们是祭司，他们希望世界在他们的真理中纯洁无瑕。

他叹了口气，说，你是对的。

就在这时，他忽然想起为什么他会写下“布拉格”了，那是因为伏尔塔瓦河上的桥，桥上的人在夜空下走着，忽然，转过身来说：你看，人就是不知道自己有多么可笑，他们需要什么呢？需要飞起一脚！

他严肃地说，我知道，文雅一点，这叫当头棒喝。

其结果，便是漫天的星星，从秘鲁直到法兰克福。

大树

他看什么呢?

看天塌。

看了杜牧、马远、文徵明；看一只胖鸟压树梢，回望上角一方朱印，顺着鸟的目光认那印文，却认不出。认不出算了，他也累了，有一眼没一眼地闲走，冷不防看见了那棵树。

大树，立于中，就那么不躲不藏、不偏不倚昂然立。第一眼竟是红的，如铜铸。九千九百九十九吨暹罗红铜，风霜雨雪中炼，烈日骄阳下炼，炼成了硬骨头，炼出铮铮金石声。

树无叶。叶凋尽了，只余干干净净的树干和虬枝。雄浑挺立的树干，自在安稳，无可置疑，是第一性是绝对。那些枝丫，是挣扎的手，是痛极的呼号，是巨浪狂风。

如神。就是神。

他呆住了。他不曾被一幅画如此压倒。他也曾在殿堂上仰望大画，真大呀，那些画的好处仅在于大，大到蓄意欺人。而这幅画，他想，只可悬于陋室，但它是真的大，擎天拄地。

然后，他才看见树下立着一人，长袍，背对着他，曳一支短杖，举头望着远处，远处是苍茫群山落日。

这是谁？他看什么呢？

夜寒如水。坐在院子里，听台上唱《武家坡》。薛平贵是唱得好的，王宝钏据说妈妈病了，回了家，换一个王宝钏却和薛平贵不般配，薛平贵的老生并不真老，佻侻自喜间，有一种天朗气清的贵气，而这一个王宝钏呢，竟是一味地寒酸了。

看着夫妻见面不相认，他想，这故事其实也难成立。就算是征战十八载、寒窑十八载，风刀霜剑，容颜大改，古时又没有相机没有微信发不得自拍，但心心念念，万种相思，何至于对面不相识呢？

也许是想不到吧。想不到就今日和那狠心的贼陌路相逢。

但也许古人真的不斟酌此事。古人听这戏，要害不在容貌，薛平贵和王宝钏，陌上重逢，所认的不过是心。

试一试心还在否。

试过了，在着。然后便是花好月圆，恩深情重。薛平贵和王宝钏从此度日，近视老花散光，竟始终没看见白发、皱纹、眼袋。

他想，这如今已是不可信的故事，拍成电影不可信，拍成 120 帧更不可信。但戏里戏外的古人，却都是信着。因为心中先存大信，信这世上终究是有情有义。

《武家坡》之前，听教授讲《会饮》。

当初在《十月》开了个专栏，编辑说，要起个栏名。

这却比文章还难。想来想去，走投无路，被逼得急了，想着也不过是茶余酒后的闲话，阿猫阿狗随便叫个什么便好，那就叫《会饮》吧。

编辑是有学问的博士：好啊好啊，柏拉图就有《会饮》！

哦，老司机哪走得出什么新路，原来心里早有了柏拉图的《会饮》。

——多年前，在雅典，车在公路上开得飞快，朋友忽然一指窗外：

看！那块石头！

哪还来得及，石头不等人，早过去了。

那块石头，就是苏格拉底进城时歇脚的那块。据说，苏格拉底就坐在那上面，和那什么安哲罗普洛斯探讨真理。

他笑了：他们两个还真谈不到一块儿。也难怪，古希腊的人名最是难记。倒是有一个“洛斯”认识苏格拉底：阿波罗多洛斯。那是《会饮》的讲述者。

他醒了。他做了一个很长的梦。他站在奥林匹亚的圆形剧场里，与一群穿着希腊式长袍的人争辩。人都是熟人，他滔滔不绝，于万马军中三进三出，一边还为对面的李洱担忧，他想他太瘦了，而那身长袍太宽太长，一阵风来他会被吹走，然后，在黄河边，人们打开一个从天而降的口袋，惊见李洱在焉。

他永远只做一个梦。和各种各样的人争辩。有一次，他和一个挂着白围裙的人辩了一夜，眼看着那人油尽灯干，大爽；但同时疑惑着，这是谁？为什么挂着白围裙？晨起，走在街上，站下买一套煎饼馃子，蓦然认出，原来是他！昨夜的对手就是这位开煎饼摊儿的兄弟。

多少年了，羞与人言。他竟从未做过超现实的梦，从未进入异度空间，他从未飞翔过，梦里只有他的话在飞，在课堂上、办公室里、会场上或者酒桌上与人争辩。

予岂好辩乎？非也。醒着的时候，他是一个话少的人，越来越少，话不投机半句多。也许是梦里听得太多，说得太多，他累了。即使面对最好的朋友，他也常常苦于无话可说，好吧，天气尚好，身体也好，让我们安静一会儿，别为说什么发愁，就这么坐着便是好的。

但只要躺下，睡了，他就变成了一个喧嚣的剧场或会场。他是演员又是观众，他情不自禁地为自己喝彩：说得太好了！无坚不摧的逻辑逻各斯！他由衷地赞叹：除了鲁迅，我就没再见过这么快的刀！十步杀一人，千里不留行，事了拂衣去，深藏功与名。他听着剧场或会场中人们的赞成与反对、惊叹或哄笑，像海浪一样翻腾起伏，他如同冲浪，在那亢奋、恐惧、紧缩的顶端，他忽然意识到他即将醒来，他拼命叮嘱自己：要记住，千万要记住，醒来后，要记住刚才说了什么。

就在这时，他醒了。他静静地躺着，沮丧地眼看着他说的话在大脑沟回中正像海水退潮一样退去。

沙滩平如镜。

然后,他隐隐听到一阵阵的海浪。是海浪,这是海边吗?

不，他终于想起来，这是雅典。

他起身走到窗边，拉开了窗帘。

天还黑着，但是星星点点，灯火闪烁。他看了看手机，夜里三点多了，这个城市不肯消停，还在闹腾，那不是什么海浪，那是喧嚣嘈杂的市声。近处的一座楼上，音乐如一颗巨大的心脏在跳动，人们在跳舞。楼下一个看不见的地方，一群人正激烈地争辩。希腊语，不知道他们在吵什么。

他想，那其中有没有苏格拉底的声音?

几年后，他在电视上看到那个国家正被沉重的债务压垮，他想，这可能不像中国人所想的那样严重，债务不能拖住他们的舞步和舌头，他们将在通宵达旦的会饮中将债务讨论到无限接近于无。

教授端坐在宝座上。这里据说曾是宫廷饮宴的场所，但它的每一个细节都在暴露它不过是粗糙潦草的赝品。

他想，事情就是这样，我们在这里同时想象中国和希腊的会饮，我们把真的变成了假的，在皇帝的宝座上谈论苏格拉底。

教授在介绍《会饮》的由来。在这篇对话中，柏拉图记述了祭神的狂欢大醉之后，雅典的一群诗人、政治家、戏剧家，当然还有哲人苏格拉底关于EROS（爱欲）的讨论。时在公元前416年，孔子死后六十二年，苏格拉底大约五十二岁。据说，这是西方哲学史上第一次对爱欲展开系统的形而上学思辨，而在施特劳斯和刘晓枫看来，事情还不止于此，鉴于这是一群人依据商定的议题和规则展开辩论，所以，这也是雅典民主政治语境的再现。

好吧，他想，这也是一次酒后长谈。酒与爱欲的关系不言而喻，其实我们还可以谈谈酒与民主的关系，除了苏格拉底，那群人都喝醉了，民主需要酒，人们一直不肯承认这一点。而孔子，他想不起来，孔子是否喝酒？他会喝一点的吧。在祭礼中，酒从一束茅草中缓缓流下，混浊的酒液被茅草过滤而清澈澄明，这即是神明降临。

但孔子不说醉话。他也不像苏格拉底这样饶舌，尽管没有喝醉，但苏格拉底在《会饮》中说的话差不多够得上一本《论语》。

而教授由《会饮》的思想史意义，不知怎么就谈到了“弯”和“直”。显然他认为他应该为苏格拉底辩护，把被掰弯的再捋直过来，他断言苏格拉底实际上反对同性恋。于是，话题又转向了政治正确，以及希拉里和特朗普，以及美国最高法院关于同性婚姻的判决，以及这个判决实际上是年高德劭的大法官们受了他们身边那些哈佛耶鲁法学院毕业的年轻助手们的影响，这些孩子，他们或她们是同性恋，可都是些好孩子呀……

坐在旁边的袁小姐听得兴起，拉上她爸爸做注脚：是啊，老爷子学好也好不到哪儿去了，学坏可快呢。最近开了微博，天天泡在上面，现在说话像个00后，居然还迷上了全姐！

谁是全姐？

他很有兴趣。袁小姐的父亲也算得上一个学术领域的大法官了。他以为那什么姐必是老爷子的学生或家里的保姆。

全智贤啊！

哦。他笑了，这可不是00后的品位。难得有件事，你和老爷子意见一致。

袁小姐一撇嘴：被他一喜欢，我都有点不喜欢了。

站在廊下，他们各点了一根烟，风很大。袁小姐接着说：我觉得吧，至少比他迷上广场舞好些。

广场舞也没什么不好啊。我的理想就是，退休后，天天在花园里和一班阿姨大妈跳舞。

他指了指院子——

这个院子，我看就很合适。

她笑了：我也觉得合适。你想想，皇上当年就在这儿，带着一群老嫔妃跳起来，好看。

然后，说到了前几天的一顿饭：怎么没吃完就走了？

他想了想说:那几位站在云端里，我干坐着也搭不上话。

她说：后来，老陆和老刘差点吵起来。

他笑：诸神之战。让他们五位去办一件事，没过一天就会分成至少四派，然后呢，事儿是不了了之，话倒说了一地。普罗塔哥拉说：人是万物的尺度。此话真是妖言惑众，哪有什么抽象的人，落到实处，就成了我自己是万物的尺度。所谓天下，也不过就是那张吵架的酒桌，或者朋友圈儿。

这么说，你还是赞成里边这位——

她抬下巴指了指会场。教授和施特劳斯都认为，城邦注定被无穷无尽的"意见"所毁坏。

他想了想：在下山沟里人，岂敢言希腊事。

他被这树镇住了。

这大树浑不似明清之树。它和此处的烟波渔舟、春花秋月、松竹鸥鸟全不相干，它孤零零地矗立。这厅堂中，一切都在相互阐释相互说明，一切都是上文和下文，唯有此树无来由、不可说。

他仰着头，张望右上方的题跋，行书五行：

风号大树中天立，

日落西山四海孤。

短策且随时旦莫，

不堪回首望菰蒲。

圣谟诗画。

项圣谟。他听说过。他是明代项元汴的孙子，而项元汴是艺术史上不世出的大藏家，当日嘉兴天籁阁所藏书画，据说抵得上故宫一半。

他的孙子，竟是一个非凡的画家。

《大树风号图》，2016 年的秋天，挂在武英殿里。

这是武英殿啊，狂风由此起。1644 年 4 月 29 日，李自成在武英殿即皇帝位，次日发兵山海关，一片石一战大溃。5月2日，清兵占领北京，席卷而下，明年，闰六月二十六日，嘉兴陷落，项氏家藏“半为践踏、半为灰烬”。项元汴携母亲、妻子远窜江湖，从此赤条条落叶飘零。他画下了这幅《大树风号图》，活到了顺治十三年，1656年。至死，他自认大明遗民。

然后，不知何时，这幅画竟流入清宫。

他想，真是有意思啊。这殿堂，烧了塌了，又起来，原是为了今日立此一棵树。

给我讲讲《风号大树图》吧。

他和她本不相识，通过一个画家朋友找到了她。

她笑了：你不是说那是最好的画吗？

是，那是最好的。我知道它的好。有眼睛都会看出它的好来，它就挂那儿，不是什么显眼的地方，但是你一眼看见它，你就一定知道它的好！你再回头看看，那些画，包括八大的白眼鸟儿，就挂在它斜对面，你一下子就知道，那鸟小了。你知道八大的身世，所以那是亡国的牢骚，要不知道呢，还以为这鸟在单位受了什么鸟气。

她笑了:我可不敢在我们行里这么说，人家会说我疯了。

他也笑了：当然，我这行里也是一样，每个封圣的大师都是势家豪门，门下走狗成群，忠心护主。所以，死人也不能得罪。画，我不懂，就是想向你请教，为什么我会觉得它好?

她想了想：我也觉得好。鲁迅也觉得好。这件事上，你和鲁迅意见一致。

但鲁迅一直不曾想起这画的作者是谁。

据鲁迅日记，1913 年 2 月 12 日购得《神州大观》第一集，中有《大树风号图》。

二十一年后，1934 年 4 月 10 日，他将此画题诗写成条幅寄赠南宁博物馆，跋云：“偶忆此诗而忘其作者。”

1935 年 12 月 5 日，他又把这首诗抄赠友人：“此题画诗忘其为何人作，亥年之冬录，应霁云先生教。”

第二年，鲁迅就死了。

黄昏落日里，先生反复记起这首诗，他也一定反复想起那棵树。

雅典的夜晚，睡不着了。在隐隐的喧闹中读完了《会饮》。

柏拉图是一位伟大的、具有绝对原创性的小说家。是的，他是小说家。看看他是怎么干的吧。《会饮》开头，阿波罗多洛斯上来就是一句：“我觉得吧，你们打听的事情，我并非没琢磨过。”

——“你们”是谁，却不曾说。“你们”就是我们，我们这些读者、听众、看客。然后，阿波罗多洛斯告诉我们，格劳孔向他打听那天晚上的会饮，而阿波罗多洛斯其实也不在场，他所知的都是从参加了会饮的阿里斯托得莫斯那里听来。所以，整个《会饮》，是转述的转述的转述。阿波罗多洛斯向我们转述他向格劳孔转述的阿里斯托得莫斯对会饮过程的转述。而同时，这个大喇叭阿里斯托得莫斯另外还告诉了弗依尼科斯，弗依尼科斯又告诉了“有人”，这不知名的“有人”又告诉了格劳孔，格劳孔从郊区进城，路上碰见阿波罗多洛斯，一把揪住：快说说，那天晚上都说了些啥？

这真是个绕口令般的迷宫。现在，捧着这本书，你觉得你已经要晕掉了，你已深中怀疑之毒，你不仅听到了各种各样听上去很是有理而又南辕北辙东邪西毒的“意见”，而且你还得知对这些“意见”只能信不信由你，反正它们都是经过可疑的层层转述才抵达你这灵敏的耳朵和懒惰的头脑。

柏拉图意识到，面对世界的任何讲述在根本上必是相对和有限的，它出于特定的名字，出于特定的声音，它介于可信与不可信之间，它是个人“意见”，它必是“小说”。

他想，这即使在21世纪依然是小说的根本命题。

但为什么要读这样的“小说”？永不承诺什么，公然不可信，把不可信作为美德，呈现的永远是被意见碎裂的世界，在这个世界上，每个自作聪明的家伙都在挖空心思地炮制知识发明真理，他们在喋喋不休地说啊说写啊写，即使是苏格拉底，他真的相信人们能够并且愿意穿过这无边的沼泽？

所以，希腊世界终于沉沦。在沉船上他们还在争辩，但是已经无人听。所有的耳朵朝向一个超越的、整全的、不可争辩和不证自明的声音，奥林匹亚聒噪的诸神退位，上帝来了。

世界归于绝对的大信，归于圣言。

她吃惊地看着他：你该不是说，项圣谟的那棵树就是大信之树，是圣言之树？

我疯了吗？我跟他根本不熟，查了百度才知道他爷爷喜欢在画上盖章，盖章之多都快赶上乾隆了。后来他们家的画被清兵烧了，被马踏了，还有一部分被一个叫汪六水的清兵千夫长抢了。这个王八蛋，我们还得谢谢他，他要不抢去，可能就全被八旗大爷们烧了火了。然后，就是刚刚听你说，他好像是个近视眼？

是啊，不过那时候已经有眼镜了。而且，也有人猜，他应该是见过传教士的——

他看着她：什么意思？

他的构图、他的眼光，多少让人觉得和西洋画相通……

可是，没什么材料，不能坐实，是吗？

是啊。

他喝了一口茶，说，项圣谟，他来过两次北京，有一次是被太常寺请来，为天子绘制九章法服，斟酌订正祭祀礼器。

——这个人，他可不是寻常画家或藏家，他是这个文明最根部、最深处的人。他戴着眼镜，一笔一笔描绘着天子祭祀时章服的纹样，不是什么人都能做这件事，否则太常寺没必要千里迢迢把他从嘉兴请到北京。他是礼乐的传人，他由周礼的天地而来，他不是他自己，他是绝对和整全。

鲁迅忘了他的名字，这真是好。你想想，真正站在那儿、站在鲁迅记忆里的只是那棵大树，树下那个人没有名字，你说他是项圣谟，或者不是，随便你吧，他的尺度是那棵树，而不是他自己。

想想吧。那真是白茫茫大地真干净，天塌了，地陷了，华夏文明之浩劫，那个晚明，他们可真是说够了，他们可真能说啊，上下五千年，晚明之人最能吵架，他们意见纷纷，他们有东林复社，他们的会饮无止无休，终有一日，千里搭长棚，筵席散了——

什么都没了。马踏过，火烧过，抢过，杀过，叶落了，狂风吹过，然后，你就看见了那棵大树。

那是劫火之后依然矗立的、再无可疑之后的大树。天地茫茫，唯这树在、人在。你说不清那是什么，但是你知道，那必是最后的信、是天地之大信。

它竟然在那儿，所以你必须想，那是什么。

笑话

说个笑话——

老卫凶狠地盯着他，硕大的脑袋伸过来，像——像一只终于熬到鸡年的老公鸡。这正是老卫“说个笑话”时的标准表情。他一点也不想听他的笑话，很多年了，他已经听了他很多笑话，老卫对笑话的理解迥异于常人，他的所谓笑点通常若有若无地漂浮在马里亚纳海沟的底部。

他正用刀子对付面前这块牛排，百忙中抬起眼：说。

老卫不说，继续凶狠地盯着他，显然怀疑他的诚意。牛排烤老了，妈的谁会在大年初一晚上正襟危坐地吃牛排。

他放下刀叉：什么笑话，快说。

老卫有点满意了，脑袋收回去，眼睛不再盯着他，现在开始死盯着面前那杯倒霉的葡萄酒。他知道，那大脑袋里的印刷机正在隆隆启动，是的，自他们认识以来这个家伙就一直用书面语说话，有时他的书面语会考究到令人发指，其风格视话题或他最近读的书而定，所以你会感到你对面是鲁迅或者卡夫卡或者德里达借尸还魂。他由衷地同情老卫的女人，那个瘦小如鸟的女人，想想吧，她的男人在床上用书面语，据他所知，老卫是不会读任何趣味低于锁骨的书的。

这段时间以来，我在阅读希腊哲学。

哦。这几天我正读希腊哲学好不好！

苏格拉底认为——

老卫的语调转为朗诵，他知道，那确实就是朗诵，这家伙眼前有一架无形的提词器：

“如果人们知道什么是德行而且知道有德比无德更好，那么他们就可以使自己的行为合乎德行而不会做任何败德之事。”

他嚼着牛肉：嗯很好，不过“如果”是什么意思？

那就是认识你自己。在苏格拉底看来，生命的意义，或者达到这种意义的唯一途径，就是通过理智抵达本质性的智慧或知识，这也就是你问的那个“如果”。

他想，今晚应该坚持去隔壁那家火锅店。

但是同时，苏格拉底公开宣称并反复强调，自己是无知的。你必须自知无知。他说，我唯一知道的，就是我的无知。

他恶意地笑了：哦，我一直以为这是刘震云说的。他最爱说这种话。

老卫不理他，接着说：苏格拉底毕生致力于寻求真理和知识，在他看来，唯一值得过的就是追求智慧的理智的生活。

他点点头，如果让我天天吃这种牛排，我也打算这么干，追求真理。

老卫：问题是，最后他真正能够确信的是，我们是无知的。

依照他对老卫的了解，他知道这就是笑点了。他把牛肉咽下去，如同咽了一团乱麻：这很可笑。

两个人端起酒杯,碰了一下。他说:结论是,忙活什么呢,不如有个上帝，对吧?

第二天，醒来已经快中午了。脑袋里是轰炸后的废墟。他忍着头疼，对着天花板想了一会儿，到底发生了什么。

终于想起老卫的那句话:说个笑话。妈的，这就是笑话，两个老男人在大年初一晚上谈论苏格拉底、肉和死，还把自己灌得烂醉。

是的，后来他们说到了死。杜甫之死。据说杜甫是吃黄牛肉撑死的。老卫对这个说法极为愤慨。

怎么可能！这纯属诬蔑和亵渎！我们有一个伟大的诗人，我们却在他的肚子里塞满黄牛肉！杜甫和那个耒阳聂令根本不曾见面。而且,直到那年冬天他还在写诗。冯至的《杜甫传》里写道——

他打断他：行了。看你这么生气，我倒宁愿相信老杜就是撑死的。

他给他倒上酒：不管是谁都不能保证自己有一个体面的死。他们说李白是淹死的，那又怎样？你能接受淹死，却不能接受撑死，你说说，这是什么道理？

那当然不一样。淹死人的是清澈的水，那是属灵的，所以李白可以淹死，屈原也可以淹死。而撑死人的那是肉，是肉！

好吧，在你那里，水比肉高级。老卫你可是又胖了啊。

老卫恼怒地瞪了他一眼，肥硕的肚子徒劳地收缩了一下。

说起肉，有件事我一直想不明白。你看，在宗教里，还有，在你们这些人脑子里，肉是很不堪的，搬不上台面。肉就是人类的原罪。我们不幸有一个肉体，所以，很不好意思我们得维持新陈代谢，肉还会疼，花钱肉疼，有病也肉疼。总之，我们的根本弱点，连累着我们不能拥有纯粹、超越的灵魂的，就是这沉重的肉身。

可是，我一直想不明白，既然肉是如此卑下，为什么，当有罪的人下了地狱，他们受到的惩罚全是肉刑？对罪人来说，不是更应该唤醒他们的灵魂，不是更应该让他们深刻地感受精神的痛苦吗？可是为什么，古今中外都要把地狱搞成SM的地下室、血腥的屠宰场，花样百出地蹂躏那可怜的肉体？那不是让沉沦的灵魂更加沉沦了吗？你跟我说说，那些立教拯救人类者，他们到底是怎么想的？

老卫喝了口酒，陷入沉思，老卫陷入沉思的标志是眼向上翻，看着天花板，同时上牙咬住下嘴唇。

如此片刻。老卫把杯中酒一口喝干，低吼道：妈的，不这么干也吓不住你们这些凡夫俗子！

夜深了。零星地还有几声鞭炮炸响。

老卫已经高了，老卫喝高了才会成为沉默的听众，而他，感到一盏酒精灯正在体内缓慢燃烧，他无法停止说话，他在喃喃自语。

前些天，我去了诸暨。你知道，那是西施的老家。在浙江，很美的地方。不过现在的诸暨主要不是靠西施，西施太老了，老得不可想象；现在的乌镇也不是茅盾的乌镇了，那是木心的乌镇，他们把这叫作文化。

我去的那个村子，现在最大的名人是胡兰成。抗战胜利，这个无耻汉奸一溜烟跑了。别人被抄家、上法庭，他却跑了。你得承认，这厮确实机灵，他的主要本事就是嘴上抹蜜、脚底抹油。天网恢恢，他总能漏网，后来跑到香港，从香港又偷渡到日本。

好吧，不说这个，说的是胡兰成溜到了诸暨，躲到那个村子，住进了朋友家的小洋楼，那幢楼还在。

那天，我们到那小楼里参观。看了张爱玲的床——是的，张爱玲去过，她去找胡兰成，当然，发现他另有新欢。我们还看了胡兰成藏身的地方，就是楼上的阁楼，有窗户正对着通向村口的小河。他大概就在这儿写了《今生今世》。

总之，上下看了一遍，照相，自拍、单独照、合影，在张爱玲的床前照，在胡兰成的窗前照，你知道的，就是那一套。

我要说的是，下了楼，看见墙上贴着对这家主人的介绍。兄弟两个，都是成功人士，否则也不可能盖起这样的洋楼。两个都是黄埔出身，到了1927年国共分裂时，都当到了师长，弟弟和郭沫若关系很好，郭老还给他写了一副对联：“丈夫为国轻身死，愿将马革裹残尸”。我想，那应该是北伐的时候。

然后，到了1931年，发生了顾顺章叛变。革命者必须保卫自己，革命也必须惩罚叛徒，于是，复仇的剑出鞘，他们闯进了顾顺章在上海的家。

这就是有名的爱棠村事件。顾顺章的家就在爱棠村。

问题是，刚才说到的弟弟，他那天也在爱棠村。他是去顾家打麻将的。

结果呢，自然是死了。他不该去打那场麻将。麻将有时也会害死人的。

这个事可笑吧？

后来，他们告诉我，这家人一直在要求为这个弟弟恢复名誉。因为那天要惩罚的是叛徒，而他不是叛徒，他本来就是国民党，他只是去打麻将。

老卫已经睡着了。

天蓝得惊心动魄。他陪着母亲在园子里慢慢走着。

他喜欢这种从宿醉中渐渐活转回来的感觉，他想，这如同大病初愈，如西人所说的“小死”，身体或肉体是虚弱的，又有怯生生的清新，这时你会感到一切都是轻的慢的，有一种小心翼翼的珍惜。

天蓝，园子空，他想，事情很简单，就是因为节日里这个城市走了四百万具身体。

这个午后，初二了，陪着母亲在园子里闲走，这让他感到安宁，海晏河清。上一次这样陪她是什么时候呢？竟想不起来了。一想就想到了三十多年前，母亲去学校看他，他们在未名湖边走着，走累了，在绿色长椅上坐下。母亲抽出一根烟来，点上，然后，也没有看他，又抽出一根，随手递给他。

那是他人生第一根烟。

现在，他在后边收着脚步，跟着老太太。母亲已经从那个谈笑风生、锋芒闪烁的女人变成了一个温和的老人，她不再和他探讨他的工作或生活，她只是散漫地说起这园子里的树、还没有开花的花，迎面走过的那个老太太或者这个老头儿。

这个老头儿啊——

母亲说的是刚刚走过去的老头儿，他没有仔细看他，只觉得是一个还算挺拔的老人。

是个不靠谱的老头儿。他老伴，挺好的一个人。我们几个结着伴，每天在园子里走一圈。前两年，这老头儿，出事了。

怎么了？病了？

老家伙身体好着呢。咱们附近不是有个古玩城吗？老头儿每天去逛，时不时地拿些东西回来，不外乎是些假古董。他老伴也没在意，堆了半屋子。谁知道，有一天，老头儿回了家，蹲在地上就哭。你猜怎么着，他呀，真是不服老啊，他还想着发财呢。借了三十万买了几件瓷器，全砸在手里了。

哦。假的？

我去看了，说是万历官窑，连高仿也算不上。瓷器是假的，钱可是真的，给人家写了借据。

该不是被人下了套吧？

谁知道，反正欠债还钱，跟社会上的人借的，也不敢赖呀。后来，他儿子还不错，给还了十五万，剩下十五万，老两口把积蓄搭进去还了。

哦，那不就完事了嘛。现在不玩古董了吧。

母亲停下来，抬手一指前边一片平房：现在，和那边那个种菜的老太太好上了！

那是几间简陋的平房，外边用铁皮围起一个院子。

这公园里按说也不能种菜呀。

谁知道，反正种了好几年了。那女人倒是个傲气的，自己一个人种，每天摆个摊儿自己卖。你说，多少钱一斤啊，她说，十块。你要再问一句，八块行不行？人家脸一扬，不理你了。就这么个老太太，那老头儿疯魔了一样，现在天天到这儿点卯上班了。

然后呢？

结果啊，人家卖菜的老太太还爱搭不理的。死老头子天天去守着，然后买一捆菜回来。

哦，单相思啊。总比买假古董省钱。他老伴呢？就不管吗？

老太太这半年入了教，也不出来遛弯了。可能是不知道吧。

这老爷子，倒是个有意思的人。

母亲站住，若有所思，叹口气：唉。不过是不肯老吧。

也是个可怜的人。

站在这里，四面旷远，他很少在这个城市看到如此开阔的天空。忽然想起，那年去莫斯科，特意带了一本《莫斯科日记》。本雅明为了追求阿斯娅来到莫斯科，在日记里谈到过莫斯科无尽的天际。

回了家，翻出那本书，却怎么也找不出那段话。他想可能是记错了。躺在沙发上，百无聊赖，随手翻看书里当年画了线的地方：

“我想，世上没有另一座城市像莫斯科这样拥有如此多的钟表了。”

另一页上：

“在阿赫特尼路上有一奇观：女人们手拿垫着草的生肉站在那儿，向过路人兜售，有的则拿鸡或类似的东西。她们是没有执照的摊贩。她们没有钱付摊位费，也没有时间排队等着租一天或一周的摊位。当执勤人员出现时，她们拿起东西就跑。”

然后，1926年12月31日的晚上，本雅明陪阿斯娅去看梅耶荷德的戏《欧洲是我们的》，幕间休息时，他们参观了梅氏戏剧的布景，包括那年11月首演的《咆哮吧，中国！》里出现的船头。后来本雅明送阿斯娅回家：

“我伤心而无言地陪她回去。那晚下着星星点点的雪。（另有一次，我看到她外套上有水晶般的雪花，在德国不会出现这样的雪花。）到她的住地后，我半无聊、半试探她的真实情感似的让她亲吻一下告别旧年。她不肯，我转身就走。差不多就要到新年了，当然有点孤独，但并不那么悲伤。毕竟，我知道，阿斯娅也孤独。”

他想不出来当年他为什么要在这段话下画线。这不过是本雅明那小男孩式的忧伤爱情的一个无关紧要的片段。

他合上这一本，放回书柜。看见旁边的那本《时代的喧嚣》，是曼德里施塔姆的文集。这书也曾带去莫斯科，上次阿列克谢耶维奇来的时候他还翻出来看过。顺手抽出来，也把折页和画线的地方重读了一遍，直到看到这一段：

“父亲常常谈起爷爷的诚实，将爷爷的诚实视为一种高尚的精神品质。对于一个犹太人来说，诚实就是智慧，诚实几乎就是神圣。随着后代的增多，这些严肃的蓝眼睛老头会变得越来越诚实，越来越严肃。韦尼阿敏曾祖有一天说：“我不再做事，不再做生意了。因为我再也不需要钱了。他的钱刚好够用到他死的那一天，他连一个戈比也没留下。”

他笑了。他想起了那个段子。

小沈阳说：“人生最痛苦的事情你知道是什么吗？人死了，钱没花了（Liǎo）！”

赵本山说：“人这一生最最痛苦的事情你知道是什么吗？就是人活着呢，钱没了！”

赵本山和小沈阳，他们该不会读过曼德里施塔姆吧。

野狐狸庵是个什么鬼？

小耳在微信中问。

哦。他想，我就知道不该在那篇文章最后写下：某年某月某日写于野狐狸庵。然后你就不得不解释野狐狸庵是怎么回事。

他写道：那是远藤周作的斋名。去年，我在长崎，在远藤周作的纪念馆——

远藤周作是长崎人吗？

不是。但他最著名的小说《沉默》里，那个传教士洛特里哥就是从长崎上岸，来到了日本。

哦。远藤周作不是个天主教作家吗？他为什么住在野狐狸庵？

他想，你为什么叫小耳呢？耳朵也不小嘛。输入太麻烦了，大拇指隐隐作痛，他索性对着手机用语音直接说：

我也不知道。不过，远藤的狐狸肯定不是《聊斋》里的狐狸，《聊斋》的狐狸善变、香艳、多情。我想，远藤的野狐狸当然也很机灵，但却是多疑的，很惊恐，很难相信什么，时刻准备着不信。

哦，那你为什么用这个斋名？

他叹了口气。他想，这真是一个执拗的记者，如果你不能认识自己，你就多认识几个好记者吧，他们会盯着你，把你想都没想过的问题向你抛出来，逼着你给自己一个说法。

他打算尽快结束这个问题：

哦，因为我喜欢远藤周作。

你为什么喜欢他?

——好吧，一说他就后悔了。他惹出了一个大问题。他觉得对着微信长篇大论地谈论这些很怪异，他说：

因为他个子很高。你知道，远藤身高一米八〇以上。

好吧，灵敏的小耳听出来他是不想纠缠这个问题了，说：下一个问题——

下一个问题是如果你有个朋友圈，只有十个人，而且都不是活人，古今中外都可以，你会选谁?

哦，这个有点意思……选谁呢?

远藤周作?

不，我看他的小说就够了。好吧，我会选孔子和耶稣，我很想看看他们在一起怎么谈论生死，谈论罪和罚、灵与肉。

然后呢？

选李白。和他约一场酒。我一直认为他的酒量主要靠吹。然后，选张岱，我梦想写一本他的书。

张岱的传记？

不是，是写一本书，作者就是张岱。你知道，张岱是那个时代的畅销书作家，他写了编了很多乱七八糟的书，绝大部分都散佚了。我可以替他写一本啊。张岱的书，被重新发现，整理出版。当然，那实际上是我写的，可是你并不知道。

啊？那是不是还要在中华书局出？

聪明！

好吧，还有谁呢？

兰陵笑笑生，我想知道他到底是谁。

那一定要告诉我呀。

决不，我会替他保密到死。

好吧，还有谁呢？现代的，鲁迅？

不，和鲁迅做朋友压力太大了。我怕终有一日，老爷子会写一篇文章骂我。

你很像会被老爷子骂的那种人吗？

那可说不准。

那还有谁，萧红？张爱玲？胡兰成？木心？

女士，你知道不知道，你正在充分抖搂你的小资产阶级低俗趣味。

好吧。我本来就不是大资产阶级。那你好歹再凑五个嘛。我以为你会喜欢胡兰成的。

他叹了口气：我为什么喜欢他，你看看他写的那字，其弱在骨，还好意思到处写了送人……

那外国的。

好吧，本雅明。我想和他谈谈阿斯娅，我觉得他在莫斯科表现得很愚蠢，那个女人根本不爱他。

哦，阿斯娅是谁？

一个来路不明的女人，有精神病，来自里加的拉脱维亚革命者，本雅明的《单向街》就是献给她的："这条街被命名为阿斯娅·拉西斯街，这位工程师通过作者之手铺就了这条街。"算了，如果实在想不出别人，就把她也拉进来吧。我很好奇，她怎么就成了"单向街"的工程师，在本雅明的日记里可一点也看不出来。

好吧，还有三个，加油！

曼德里施塔姆，今天晚上刚翻了他的书。

还有呢？

外国人实在想不出来了。那就杜甫吧。我要问问他到底怎么死的。而且对他对李白一厢情愿的友情我也非常好奇。

嗯，这会是《诗词大会》中的猛料。最后一个！

那是个诸暨人，你不认识，他 1931 年死于非命。临死前他在打麻将。我想知道，他那天到底和过没有？

夜奔

一

肉与火与孜然，这确实是烧烤的气味。没有什么是不可能的，这撸串与啤酒之城，马上你就会看到烧烤摊，就架在到达大厅的门口，烟气腾腾，从天上飞下来的人们，直接落入肠胃和肉体的生活。

他快步穿过大厅，大理石的地面，起舞弄清影，这空旷明亮的、冷的、工业的、禁欲的圣殿，却弥漫着烧烤的气味，像冬天盖了一夜的棉被。没有人，人都在后面，他终于逃出来，他受够了，他已经和那群人在飞机里关了七八个小时。

然后他看见了在出口接机的人群，那些子夜时分倦怠、陈旧的脸，“这些面庞从人群中涌现，湿漉漉的黑色树枝上的花瓣”，他忽然想起这句诗，庞德的诗，很多年前他在湖边读过，湖边的椅子湿漉漉的。他同时嘲笑了自己一下，你总是能想起一句别人的话，你活在别人的句子里。

当然没有烧烤摊。他穿过人群，他知道没有人等他。等和被等都是牵挂，他渴望无牵无挂。

他站在候车处。据说该城的出租车极不靠谱，也许应该叫一辆快车或专车，这么想着，他脑子里闪过一串儿红色的词，抢劫、杀人、猥亵，至少，最后这件事与我无关。风雨交加，他喜欢这雨，粒粒结实坚硬，粒粒皆辛苦皆清楚明白，听说今天还下过冰雹。在冷雨中走也是好的，但是别瞎想了大叔，会感冒发烧打点滴住院，黑夜的丛林里，欲望、恐惧、恶念蠢蠢欲动，你需要一辆可以辨认的车，亮着标志灯的车。然后，那辆出租车就停在了身边。

“大叔，做啥生意的？”

他愣了一下，他意识到又碰上了饶舌的司机。他们收取的车费里大概包括着陪聊的钱，每公里几块？能不能告诉他，这份钱是为了购买沉默？

“做点小生意。”——他从不向陌生人暴露自己的职业。是个批评家？是个作家？他觉得莫名羞耻。

司机一定在后视镜里看了他一眼：这个中年男人，这张疲惫、松懈的脸，这个在深夜里奔波的人，他当然不是生意人。

好吧，进入角色。作为生意人，他得陪着司机谈谈这个城市的经济状况，不太好啊，生意难做。他觉得他是被强拉进一台戏里，随时都想停下溜走，但司机揪住不放，台词滔滔不绝：年轻人也没啥正经营生，要不然就当主播，坐在家里描眉画眼，嗖嗖地收钱。外地人来得也少，为啥呢？营商环境不好呗，那能好吗？说了不算算了不说，没契约精神呗。

车轮破开积水，声如破浪。雨更大了，路上车稀，两边高楼森然壁立，点点孤灯，深夜有人醒着。

司机在奔驰：好在咱这疙瘩人心大，没大事儿，再大的事撸个串就没了，要还有，那就再撸个串！

车突然一震，他一把撑住前座靠背，妈的这就要出大事！

车滑行着,停住了。他看见,在路边,雨中站着一个女人。

司机摇下右边的车窗，顿时风雨大作，灌满一车：

大妹儿，上哪旮啊？

女人高大、强健，黑色的短裙被雨水紧裹在身上，他看见她紧绷的腰腹，沉甸甸的乳房，长发像黑色的海草，她俯在窗前，喊了句什么。

听不清，风声雨声太大，也许她说了一个地名。

司机显然听清了：上来！这么大雨，也不拿个伞。

女人拉门跳上来，风吹凉雨打在他脸上，车门砰地关上。

车轮一声尖叫，仓皇奔逃。他想，这是警匪片吗？这女人是从魔窟淫窟里逃出来后边追着一群臭流氓黑社会吗？我一个做小生意的怎么就平白无故摊上大事了呢？

回头看去，雨倾泻在后窗上，雨后边是急速退去的路。

司机已经开始谈生意：那旮老远了，这大半夜的，给一百四吧。

女人沉默。他注意到前座有微弱的蓝光，女人在看手机。

司机等了一会儿，说：没带钱啊，手机支付呗。

女人仍不说话。他感到司机在后视镜里和他对视了一眼：那就说好了啊。

怎么就说好了，他忽然醒过神来，这应该是我叫的车吧，怎么就冷不丁上来一个。我知道这叫拼车，至少你得跟我商量一下吧，问我同意不，少收几块车钱行不行，人得有契约精神不是刚才你丫说的吗？

——好吧，他什么也没说。别扯什么契约精神了，这是个女人，在黑夜里、大雨中奔逃的一只鹿、一匹狼，这辆车正在把她救走，她让这辆车充满潮湿的、兵荒马乱的危险气息。

二

手机在桌上振动，他拿起来，看了一下电话号码，陌生的。他很少接电话，更不接陌生电话，那不是让你买房或卖房，就是要把高利贷借给你。昨天睡得太晚，现在他的脑袋还不肯醒，会议室里一半人在看手机，另一半昏昏欲睡。他已经说完了自己的那一份，八分钟。他准确地把自己的话限制在八分钟，也许终有一天他也会自动巡航说啊说啊不能停，但现在，必须八分钟。坐着飞机七八个小时来到这个城市只是为了讲这八分钟话，这是荒诞的，但至少，在荒诞中你坚持了自制的美德，控制舌头，不让它变成一条疯跑的狗，控制你的肉身，不让它被脂肪压垮。

手机安静下来，发言的那人正在高潮。这个会就是为了谈论一部新出的小说，在这部小说里，一个男人经历了一次次失败，每一次都如此倒霉如此乏味，你只能认为作者一定是恨他，以至于如此耐心地让他一次次爬起来，再一次次用同一只大脚丫子把他踹倒。而他们认为这很深刻，他们正津津有味地分析这只上帝般的大脚。这位发言者掷地有声、声如裂帛地宣称：是的，文学的立场就是站在失败者一边！

他在心里笑了一下。“失败者”未必就想站在你那一边。问题是，你对你的话是否深思？你何以判断成败？当你以那只脚来判断是否失败时，你可真是个恋足癖啊，你对那只脚该有多么崇拜。在这个会议室里，你不过是在操练你熟谙的“贯口”，像个说相声的一样，同时期待着小小的成功。

他想起昨夜的大雨和大雨中的人，他想，如果现在站起来，宣布换一个地方，开始撸串喝啤酒，或许可以让先生们闭嘴？

手机又开始振动，还是那个号码，他拿起来——

一个平淡的声音：我是老周的朋友。

老周！他浑身一紧，走出会议室。

他和老周站在那儿，看着那座铁塔。

阳光暴烈，群山金黄，蓝个莹莹的天，只那座塔黑沉沉地立着。这是一座标了价格的塔，价值人民币一个亿。范仲淹必定见过此塔，这塔立于此已经千年，然后它竟走了，走了万里路，走到大海边，然后又走回来。

老周老而健，为人五湖四海，于本地掌故无所不晓，黑白两道皆通。老周笑道：现在走不了啦，装上了监控，住了保安。

他点点头：那个马哥，能不能帮我找到他？

江湖中人，没下落了。

哦，衡阳雁去无消息。

沉吟了一下，老周说：你真要找他？找他干什么？

他想了想，说：也不干什么。就是好奇。这个人，和他喝杯酒也好啊。

老周笑了：哈哈，就冲这杯酒，我帮你打听打听！

前一天晚上，他和老周喝了三瓶酒，酒酣之际，老周讲了马哥的故事。

你想啊，那是国保单位，光天化日，生生把一座宋塔让人偷走了，闻所未闻，没法儿交代啊！查！上天入地也得有个说法。

真要泼了命查当然查得出来，就是马哥干的。除了他还有谁啊？

分析来分析去，这东西肯定是海外有人订货，否则，把这大家伙拆下来满世界转，卖给谁呀？这不是找死吗？能接这活儿的，也只有马哥。

问题是你到哪儿找他去？通缉令也发了，海捕文书，估计着他肯定是往东南去，几个港口也去了人，但是，整整半年，没消息。

没消息不奇怪。我要是马哥我也不急，找个仓库一放，过了这阵子再说。可是咱这边也不能闲着啊，上天入地，往死里查！最后你猜怎么着？还真逮着了。

不是马哥，是马哥的女人。

不是他老婆，他就没老婆。反正是一个女的，俩人同居着。

这下好了，就顺着这个女人找他。这女的也大半年没见着马哥了，也不知道马哥在哪儿。那家伙是老手，手机早停机了，只有一个 QQ 号，有时上来聊几句。

那怎么办？守着那个 QQ，等呗，没几天还真等来了。

这时候也没什么废话，直接把话撂桌面上。这女的在我们手里，你看怎么着吧！

也不知道管用不管用，手里就这么一张牌，有枣没枣打一竿子。这女的跟了他这么些年，好多事也难免掺和，租卡车还是用的她的身份证，好歹也算共犯，判几年没问题。

马哥那边没吭声，就那么过了一会儿，下线了。

他回到会议室。讨论仍在继续，人们正在谈论底层、正义和不公。他不再听，他想着那个名叫马哥的人。不是姓马的哥，而是姓马名哥，这个盗墓贼，他用偷来的一座佛塔换了一亿人民币，然后，他又把这一亿退给买家，用佛塔换他的女人。

马哥隐居于南方。他想，他要飞过去，和马哥坐坐。

三

对面就是那个江心小洲，暗夜里，密林如大片浓墨，一条蓝色灯带在林间穿行，不许山河睡去。

他多年前来过这里。那时江也荒着、洲也荒着，恰秋季水枯，只记得河滩裸露，寥寥几棵树。

鹰击长空，鱼翔浅底。

但此刻，此地是满江满街的人间烟火。他望着江，却不知站在他身边的男人就是马哥，马哥点上一根烟，也看着粼粼江水。一根烟抽完了，这个男人把烟蒂在石栏上捻灭，自言自语地说："我姓马，咱们走吧。"

你是怎么把那座塔搬走的？我查了一下，那塔足有九米。

马哥灵巧地剥开手里的小龙虾。他竟是一个瘦弱的人，身材中等，白皙，你看不出他的年龄，是四十，也是五十。黑T恤、牛仔裤，走在街上，泯然众人矣。后来，他竟记不起马哥的长相，这个人，把自己提炼成了一滴水，相忘于江湖。

但他记住了马哥的手，手指修长灵敏，宜弹琴宜握剑，玉白的，灯下几乎透明。

马哥吃完了这只虾，抽一张纸巾擦着手，说：我去了好几次，把它想透了。北宋的塔，不可能整体铸造，不是说七级浮屠吗？是一层一层套上去的。

所以，你就那么一节一节把它吊起来了？

马哥不看他，远远地看着那塔，忽然说：我一直以为塔基的地宫里应该有货。

结果呢？

没有，什么都没有。

警察不会信的，你怎么让他们相信那里边是空的？

马哥收回目光，看着他，淡淡地说：他们要的是那座塔。

是啊，让它回去，立在那儿。追回了塔，大功告成。

这个人，带着三个兄弟，开着卡车，卡车上装着吊机，偷走了在大西北荒无人烟的山间立了千年的一座佛塔。这尊北宋铁塔被拴上钢索，一层一层拔起来、吊起来，节节落地，整个过程精确、无声，像梦一样寂静。

塔是天与地的中介，是天梯，是世界之柱。在古埃及，名叫舒的大神艰难地把天举起，他很累呀，他随时可能撑不住，然后天就会塌，所以，人们提心吊胆，必须好好地哄着他、鼓励他，顶住啊你能行的。但是，问题不在于他是否顶得住，而是，他会不会在无穷尽的时间中感到厌倦——受够了静止不动，看够了人的谄媚和自私。

然后，那座塔被节节肢解，摊了一地。天没塌，还是高高在上蓝个莹莹的天。当然，他确信马哥那时不会想到天。这个人有一双专注、坚定的手，这双手正全神贯注地奔赴它的目标，它要把这铁塔装车，然后穿越大地，从黄土高原到东南海边，再装船偷渡，交给客户。

在海边，装在集装箱里的货上了船，马哥抽了根烟，满潮时分，海浪舒缓地拍打着沙滩，他想了会儿那个女人。然后，烟蒂捻在沙滩上，站起来，打一辆车进城，找了一个网吧。

马哥喝酒如饮水，喝了也就喝了，水波不兴。

知道那边出事了，你怎么办？

站起来，回海边，坐着。

都想什么了？

马哥沉吟了一下：还能想什么，想那娘们儿。

然后举起杯，饮了。

周围红男绿女，喧嚣如沸，只有这一桌的两人默然相对，像是翻腾的巨大旋涡中一个小小的静默的中心，小到最后，小到针眼，所有的浪都从这针眼里漏下，消失。

马哥说不出那是个什么样的娘们儿。他一开始就发现马哥沉默寡言。他是老周介绍的，马哥必是信得过老周，今晚过后，他们了无牵扯，答应见，便是可以说，不说，就是真的说不出。

没话找话，他说，这馆子的小龙虾名不虚传，比簋街的味道更厚。

马哥不答，仔细地剥一只虾，放到嘴里，慢慢嚼着。忽然说：我吃过一千年前的酒席。

有一年，在内蒙古那边，挖一个辽墓。都挺顺的，洞打下去，正在墓室顶上。

马哥端起空着的玻璃酒杯，举到眼前，入神地看着，对着那透明的杯子说：

我一个人先下去，灯一照，就看见一桌酒席。就在棺材前头的台子上，整整一桌酒席，盘子、碗、筷子、勺子，盘子里还留着骨头，一个碗里还剩半碗栗子。那就是一桌酒席，好好地摆在那儿。好像是，我来晚了，人都散了。

我坐了一会儿，抽了根烟，然后从碗里抠下一颗栗子，攥在手心里，原路出去，让他们把墓封好。

四

车在雨夜里奔行。这辆车忽然有了刀，屏住呼吸，锋利静默地奔向一个凶险莫测的目标。

前座的女人好像不在。但是他知道她在，饶舌的司机沉默着，他知道、他能感到，这可怜的家伙快被憋死了，毛孔和雷达都向着右边这个女人打开，怦怦的心都在向右跳，但是，这家伙竟然忍住了，不说。

这是个什么样的女人啊。他来不及看清她，他能够感觉到这辆车因为这个女人变得拥挤、动荡。有一个瞬间，他和司机在后视镜里目光相对，他感到司机在求助：怎么办怎么办，我拿她怎么办？

车突然减速，司机发出慌乱含混的低语：大妹子，别这样，别这样——

他探过头去，看见女人湿漉漉的长发，看见女人的脊背在颤抖，看见女人俯下身体，在哭。

车停下了。女人抽泣着，颤抖着，司机无助地扭头看着，嘟囔着：别这样，别这样……

雨一阵阵敲打车顶，突然，就像是破了、决堤了、天塌了、崩溃了，女人压抑的抽泣爆发为大哭，那不是哭，那是不要命了，是绝望的哀叫，那一刻，他觉得洪水滔天，世上就剩下这辆车、这大哭的女人和两个男人。

司机闭嘴。他听着哭声，觉得心脏正被越来越紧地攥着。

突然，司机推开车门，跳下去，疯了一样从车前跑过，他吓了一跳，不自觉地也打开车门，还没等他决定干什么，司机已经猛地拉开了前座的车门，嘶喊着：

哭啥呀，多大事啊！活不了了？

雨狂暴地倾泻，这个男人，对着女人咆哮：

天能塌了呀？多大个事啊，男人跑了？怀野种了？欠债还不了了？多大个事啊？你个骚货你哭啥呀！

——他一个人走在江边，他想象着马哥的那个女人，是啊，想象和描绘那个女人是我的事。可是，他无法让她在心中浮现出来。他所熟悉的、他所认识的女人，他难以想象其中有任何一个会爱上马哥或为马哥所爱。那个女人，她在这个男人、这个贼的心里价值超过一亿。

他忽然想起了在北方雨夜中痛哭的女人，他抽着烟，看着粼粼江水，只觉得悲从中来，不可断绝，他想，就是她啊。

他和马哥告别。他们从此不会再见了。他犹豫着是否握个手，但是，没等他伸出手来，马哥已经抬起双手，左手压右手，拱手作别。

他愣了一下，也抬起了手，左手压右手。

如在宋朝。铁塔的宋朝，范仲淹和苏轼的宋朝，林冲和鲁智深的宋朝。

然后，各走各的路。马哥融入茫茫人海。

你和她，现在在一起吗？

告别时，他问了马哥最后一句。他其实一直想问，但不知何故，竟问不出口。

过了一会儿，马哥说：不能在。

机场

老头儿盯住他的对手，他再也无法忍受此人的固执，他残暴地抛出一连串的“问题不仅在于”“问题在于”：

“问题在于认识现象和本质之间的真正的辩证统一。”

“问题在于对‘表面’现象在艺术上进行形象的、身临其境的描写，描写要形象地、不加评论地展现出所描写的生活范围中的本质和现象之间的联系。”

“人们不妨把托马斯·曼的‘时髦的市民性’同乔伊斯的超现实主义做一比较。在这两位作家的主人公的意识中，形象地表现了那种破碎性，那种间断性，那种戛然而止和‘空空如也’。布洛赫十分正确地认为，这种状况对帝国主义时期很多人的思想状态来说是很典型的，布洛赫的错误仅仅在于，他把这种思想状态直接地、毫无保留地同现实本身等同起来，把在思想中出现的完全被歪曲的现象同事实本身等同起来，而不去把这幅图像同现实加以比较，从而具体地揭示这幅被歪曲的图像的本质、原因和‘媒介’。”

——他合上书。卢卡契和布洛赫，他们曾经是挚友。1910年冬天，他们在布达佩斯相识——他想起了《布达佩斯大饭店》，当然，卢和布肯定不是在那家饭店见面的，但是，他想象了一下他们见面的场面，似乎就该是在那衣香鬓影、纸醉金迷的地方，那座饭店，那座矗立在抵达和离去之间的神奇的宫殿，这两个二十五岁的年轻人在老欧洲最后的好时光里相逢。德国人布洛赫深刻地影响了匈牙利人卢卡契：“我怀疑，要是没有布洛赫的影响，我是不是也会找到通向哲学的道路。”

歧路多悲风，从此没朋友。走着走着，老哥俩就变成了论敌。二十多年后的1938年,卢卡契写下《现实主义辩》,回击现代主义的辩护者布洛赫对他的批评。

他想了想,关于卢卡契,关键词是“现实”,而布洛赫呢,是“希望”。现在“现实”和“希望”吵起来了。或者说,“现实”和“未来”吵起来了。

现在是2017年,将近八十年过去了,他坐在他们两位中间,怀着微小的恶意想着,这两个老头儿,他们知不知道啊,在现在的学院里,他们的台下已经空无一人。门可罗雀啊,鬼都不上门啊。看看他们使用的概念吧:“本质”“现象”,据说现在只有现象,已无本质,没有本质支配下的普遍联系,当然更没有卢卡契的“整体性”或总体性——布洛赫这下可称了心,但是且慢,也没有了你的“希望”。你怎么就不想想啊,没有了对整体或总体的想象和信念,未来从何说起,希望从何而来?

看起来毫无希望。已经三个小时了,仍没有开始登机。

今日不宜出行，大半个中国的人都引而不发，挤满了候机大厅。

航空公司没有把客人塞进飞机慢慢等着，他们或许终于意识到，在一个幽闭空间中的漫长等待很容易诱发歇斯底里。现在，在这明亮的大厅里，人们很安静，悬停在中间状态的脸，漠然对着手机。

“你在哪儿？”

“在机场。”

“啊出差吗？那后天的会怎么办？”

“哦我明天回来。”

“去哪儿了？”

“耀州。”

“耀州在哪儿？”

“陕西。”

“没听说过。”

“耀州窑知道吧？”

“不知道。”

“好吧，柳公权知道吗？范宽呢？”

“哦，知道，他们是耀州人？”

“是。”

“好吧，旅途愉快。记着，后天下午，普及未来！”

好吧。几个家伙坐在那儿，搜索枯肠，向一屋子人普及未来。相比之下，他更愿意听卢卡契与王德威对谈，他们会吵起来吗？

王来了。他在微信上仔细读着王的讲演。他应该认真读，因为过不了多久，他就会看到大批论文重复、延伸王的观点。谁说没有马克思和卢卡契的“互为一体的统一性和整体性”？苹果或安卓的系统升级一定会带动大规模的应用开发。他逐字逐句地看着，他想王真是聪明啊，王不知疲倦地生产着无穷无尽的差异和离散，生产着无数互不通约的真理。他想，这该能再生产出多少论文啊。人有无数，上帝独一，以无数的现象去反对本质无论如何都是一门好生意。

但在美国，学院里的聪明人终于遭遇到了一个特朗普，他们震惊地发现，已经被他们宣告无效的那些庞大法则竟然还在，他们一直要你们相信，人类可以在一个去中心或人人是中心的世界上和睦相处，他们把论证人和人如何不同当作解决一切问题的法宝，而布鲁姆，那倔强的老家伙，他为什么给人家起个诨号叫“憎恨学派”？

好吧。当卢卡契和王见面时，他们或许无话可说。卢卡契将会明白，在“本质”上，他和布洛赫是一路人，他们其实同属于一个庞大的总体性。他和王呢？他们只是“现象”，互无关联。与王争论需要足够的才智，卢卡契当然有，但是他也许会选择刺猬般的大智，把一切交给历史和生活，而不是对历史和生活极尽机巧的言说。

他把书装进书包。《卢卡契文学论文集》下册。这书一套两本，三十年前他买过，后来不知所踪，现在这本是从孔夫子网上买的。封底有水的浸痕，不是那种岁月里的潮湿，而是，在水里泡过、在阳光下晒过。

他忽然想，自己那本卢卡契，它丢在哪儿了？

看，像不像？

他顺着别人的手指望向对面的山。大雨后的山野,很冷，空气中充满草木青涩的气味。

对面是一座山崖。如果不是被人这么死死地指着，他是不会注意到它的。

他极力回想那幅画。《溪山行旅图》，八年前，他在台北故宫是见过它的。他曾在它面前久久站着，看那山，那飞瀑，山间一支行旅。

这里是范宽的故乡，所以，他们认为那山必在此处。他想，实在是不太像，但是好吧，你们高兴就好。

来之前说起耀州，有人惊诧：啊，去那儿干什么？那地方远得很！

在一个昔日的西安人或长安人眼里，此地竟是天远地远。想不到出了机场，高速路上奔驰一个半小时，竟然就到了。

这种远，原来说的是不曾被飞机、被高速公路所规训的天地，在那时，这种远曾是中国历史的基本条件。这大山里，冷雨中，年轻的人们、热血沸腾的人们，他们的造反和革命，看上去毫无希望，他们太远了，但正因为远，谁能料到他们是自生自灭，还是席卷了天下？

他想，这里是有总体性的，是一种壮阔的联系，一种隐秘的结构，一种人世间默运的大力，它把蒋介石逐到了海的对岸，他还顺便带走了《溪山行旅图》。

是啊，在这样的时刻，人们不得不面对总体性。比如人工智能，一个围棋手在万众围观下的溃败被认为是人类溃败的开端。而小冰——那是微软造出来的诗人，正在乘胜追击，试图剥夺人类最后的尊严。

于是，主题由“普及未来”不知不觉地变成了“抵抗未来”。台上的这几位先生女士一直在激烈论证机器人的诗不是诗，显然他们真的生气了。

他坐在他们中间，他想，在这个会场上和会场外，无数人正在幸灾乐祸，人们喜欢看这些聪明人气急败坏，喜欢看着他们在无可逃遁的命运下无谓地挣扎、喋喋不休。如果真是未来，那就来吧，这些聪明人，当他们说人类是万物的灵长时，他们是在说自己是万众的灵长。那么很好，现在，平等了，他们终于发现有一天他们的聪明竟会一钱不值。让我们围观他们气得要死的样子。

现在，轮到他说了：我们必须考虑到另外一种可能，或许我们已经来到了未来，或许我们已经是人工智能的附属品。当然，我们有自我意识，但是，谁能断定，在那个谷歌或微软或百度的未来里，他们就不能让他们的产品具有某种自我意识呢？你怎么能够知道我们是不是机器人？我们可能已经被完美地赋予了自鸣得意的、傲慢的自我意识。

几个人一起恶狠狠地瞪着他。

他忽然想起，在一个典礼上，格非也曾谈起这个问题，大意是，也许终有一天，机器能够获得足够的智能，比人写得更好，但是，他相信，人还是会选择读人的作品，因为这涉及认同。

他心里对着并不在场的格非说：也许，问题不在于诗人、小说家或学者是否会失业，问题在于，我们竟如此愿意想象这样的未来，这是一种久违的感觉，那是必将来临的、很可能无法抗拒的总体性，只不过，在这个总体里没有我们的位置，没有主体的总体性。

——他接着对会场上的人们说：

不要按照我们所熟知的那个笨拙的、机械的形象想象未来的智能，这个形象是机械时代的残留，我们把我们的形象赋予我们的造物，同时我们告诉自己，它终究是笨的，是低级的，是不会失控的。但无论阿尔法还是小冰，它们都并不依赖于那个笨拙的形体，那形体和它们毫无关系，它们在本质上就是一团巨大的数字云，是一个超级大脑，是无穷无尽的神经元，如此而已。

然后呢？

坐在对面的教授咄咄逼人地问。

他看着她的脸，他知道他的真正念头要承受一万次诅咒：然后，精神就终于摆脱了身体。释迦牟尼或黑格尔都曾经想象过这件事。相信我，这件事没那么可怕。至少，男人再不必健身，女人再不必美容。

会散了。他和他的对谈者们告别，他不能参加聚餐了，因为他要赶飞机。他来到了街上，走在阳光下、人群里，他是多么喜欢这简单的阳光、这热腾腾的人群。他在路边打开一辆摩拜单车，他并不是要前往机场，今天根本没有一架等着他的飞机。他只是想回家，喝一杯茶，安静地坐在电脑前。

“北京的冬天清刚峻利，站在风里，看远山平林。那树是槐是榆？叶落尽了，正可入画，北中国苍苍如铁的天空下，树把自身抽象为线条，向上，轻逸到无，如淡烟淡墨。

中国笔墨总要秋天、冬天才好。七分、十分萧瑟，万物清简，健身房里熬炼过，瘦骨清像，精神从一堆肉里拔出来，然后才可提笔，写字或者画画。”

他注视着屏幕上这几行字。他写不下去了，他一遍遍修改，每个字都被反复擦拭，如果是玉，都已经包出浆来了。

但是，他不知道接下去怎么办，怎么才能说到正题。

他要为欧阳江河和于明诠的书法展览写一个前言，可是，他真的无话可说。他不懂书法。他想，也许格非更应该举书法为例，电脑或者人工智能现在、此时就完全可以做得比人更好，比王羲之更完美，但是，人还是愿意让自己相信，只有笨拙的、不完美的人才能写出真正的好字。

问题在于，近一百年来，书法已经沦为了一种造型艺术——他把“沦为”这个词掂量了一下，有点恶毒地想：管它呢，就是“沦为”：它被切断了与日常书写的联系，谁还会用毛笔在花笺上写一封信？然后，更重要的，它把自己收藏进博物馆，它把自己悬挂起来，它失去了与这个时代新鲜的、活着的文化经验的联系，你不能用毛笔抄写一首新诗或者一篇白话散文，这种艺术如此地依赖记忆——以至于它不再是现实。

在那个冬日，他看着欧阳和老于在宣纸上写胡适的文章、鲁迅的文章，写莫言、张炜的小说片段，写西川、翟永明的诗。

——这很像是招魂的仪式。

他想，这是另一种总体性危机。问题在于，这件事本来属于一个浑然的总体性世界。他想起，在颐和园听一个年轻的古文字学家讲《说文解字》，那不是一部字典，那是一个世界。许慎站在那里，还有那些让字在竹简上飞驰的书吏，那些抄经者，还有王羲之、颜真卿，还有那些诗人，还有那细腻的砚、澄心堂的纸，那些矗立在、倒卧在田野上、天地间的碑……多么浑然的总体性，你抽出了一个线头，移走了一块砖，然后就散了塌了，收拾不起。

这是女娲补天啊，他想象着江河和老于，两个汉子，挥着锄头，吭哧吭哧地补天补地，心想，这文章没法儿写了。

然后，他骑着摩拜行于北京的夜里。他喜欢这条路，清净坦荡，两边是深深的树林。乘风而行，他想起三十多年前的夏天，那时他是少年。他刻毒地笑了，老家伙，你已经开始回忆，你曾是多么厌烦回忆，你已经忘了那么多事，有时你甚至怀疑你是否曾有过童年、少年和青年，可是现在，你回到那座村庄般的城市里，每天放学后，向南向东，穿过中山路，从桥西走向桥东，在展览馆前巨大的广场上向北走去，然后折而向西，经过棉纺厂、省第二医院，回到石岗路的家里。这个城市，你绕着它走了一圈。你每天这样走着，你心里在想什么？哦，别告诉我你在想未来，未来不过是近在眼前的高考，在这漫长的路上，你几乎什么都没想，你就是走在此时此刻，你沉迷于这种行进在、悬停在此时的感觉，以至于你每天都要这样走一圈。母亲只知道你在自习，所以回家晚了，如果她知道你在干什么，她一定会觉得未来一片黑暗。

悬停于此时，如同机场。他是多么喜欢飞机场啊。在这里，你至少学会了顺受一切，你无法做出决定，你也不必做出决定，远方的风雷决定一切，或者在某个办公室里正做出航空管制、流量控制的决定，他喜欢这种命运未卜的感觉。他被告知，大雨正落于耀州的群山，雷在炸响，闪电在一瞬间照亮了柳公权的手，他的手和笔不曾抖动。不知蒋介石是否看过《溪山行旅图》，在多雨的台北，蒋曾否在那幅画前长久伫立？那是怎样的溪和怎样的山，行走在溪山之间的人们、衣衫褴褛的人们，他们创造未来的意志是如何在大地的褶皱中形成了洪流？

这是明亮的、整洁的、充满工业和技术气息的、未来派的大厅，设计此地的人必有洁癖，是摩羯座或者处女座，他们真的认为世界必须如此洁净和规则，他们甚至取消了吸烟室，他们拒绝考虑任何意外——其实意外才是世界本质的呈现，正如卢卡契认为马克思的真实意思是，总体性在危机中才能呈现出来。比如这一班飞机已经晚了六个小时，渐渐地，人们躁动起来，他们为天有不测风云而气愤，他们为世界变得混沌而咆哮，如果他们还是烟民的话，他们马上就要歇斯底里了。

他克制着烟瘾，走到巨大的落地窗前。暮色降临大地，一切安好。风雨远在远方，因而这里的悬停显得荒谬。

他忽然记起了，他那本卢卡契丢在了哪里。那是晚上，在湖边，一一风荷举，对岸有幽灯闪烁，天上下着微雨，那本书就放在那张木椅上。

他对自己说，我确信，那本因此而被水浸的书，现在又回到了我的手上。

山海

此处登临，一年一度，已是第六回了。

他望着山下这座大城，这城由这山奔腾而下，野马尘埃，不回头不可当，滔滔直向平原。夕阳下，天地间，大城安然。

见天地，多么难的一件事，要爬这么高，累断了老腿和老腰。刚才在路上，二三少年骑着山地自行车呼啸而过，他闪到一边，看着，那黝黑瘦劲的腿、绷紧的弓一般的脊背，从山上冲下来，不管不顾地向山下冲去，他们嚣张跋扈，他们知道，这路属于更强的兽。

他啜了一口酒，二锅头，很久没喝了这酒，入口竟是平和的。他看着大妹子，问：“没回家去看看？”

大妹子其实看不出年龄，肯定是比他小吧，家在涿鹿，黄帝蚩尤一场大战，一条河叫桑干河，丁玲写过一本《太阳照在桑干河上》，大妹子两口子却在这北京郊外的山顶上开了一家小店。

“这阵子忙，没回去！”

哦，他想起，其实这话他年年会问一句的，加起来也问了六回。秋八月，山上游人多，正是生意好的时候，不回去才是正理。

他想起，他还问过桑干河里还有水吗？

好像是没了。

他还问过，村里的人是否还记得丁玲？

当然，他们记得，村里还有丁玲纪念馆呢。

这些话都问过了。他看着大妹子把空酒瓶子一个个装进一个木箱子里，那木箱子上印着字，原来装的是步枪子弹。

子弹已经打光了。酒也喝完了。空箱子装空瓶子。

晚上，他在网上搜出《太阳照在桑干河上》，正好是果园里那一段：

杨亮从来也没有看见过这样的景致。望不见头的大果树林，听到有些地方传来人们讲话的声音，却见不到一个人影。葫芦冰的枝条，向树干周围伸张，像一座大的宝盖，庄严沉重。一棵葫芦冰所盖覆的地面，简直可以修一所小房子。上边密密地垂着深红，浅红，深绿，淡绿，红红绿绿的肥硕的果实。有时他们可以伸手去摘，有时就弯着腰低着头走过树下，以免碰着累累下垂的果子。人们在这里眼睛总是忙不过来，看见一个最大的，忽然又看见一个最圆最红最光的。并且鼻子也不得空，欢喜不断地去吸取和辨别各种香味，这各式各样的香味是多么的沁人心脾啊！这里的果子以葫芦冰为最多，间或有几棵苹果树，或者海棠果。海棠果一串串地垂下来，红得比花还鲜艳，杨亮忍不住摘了一小串拿在手里玩着。这里梨树也不少，梨子结得又重又密，把枝条都倒拉下来了。

杨亮每走过一棵树，就要问这是谁家的。当他知道又是属于穷人的时候，他就禁不住喜悦。那葫芦冰就似乎更闪耀着胜利的红润，他便替这些树主计算起来了，他问道："这么一株树的果子，至少有二百斤吧？"

——大妹子家里也是有果园的，他问过她，他们已经不种葫芦冰了，多清爽的名字，云在青天水在瓶，但其实就是沙果，他小时候吃过。现在，他们种苹果或梨，北方山野间那些朴实谦卑的果实，渐渐消失了。他喜欢杨亮的计算，他想，丁玲当然也这么算过，那是过日子，是经济。丁玲，她在桑干河边，和大妹子的爷爷或姥爷们一起核计着日子：

"差太远了。像今年这么个大年，每棵树至少也有八九百，千来斤呢。要是火车通了，价钱就还要高些。

一亩果子顶不上十亩水地，也顶上七八亩，坡地就更说不上了。”

杨亮被这个数目字骇着了，把眼睛睁得更大。张裕民便又解释道：“真正受苦人还是喜欢水地，水地不像果木靠不住。你看今年结得多爱人，可是去年一颗也没结，连村上的孩子们都没个吃的。果子结得好，究竟不能当饭。你看这葫芦冰结得好看，闻起来香。可是不经放，比不得别的水果，得赶紧发出去。发得猛，果行里价钱就定得不像话了。你不要看张家口卖二三百元一斤，行里却只收一百元，再迟一点就只值七八十元一斤了,运费还在外。损了的就只能自己留着晒果干，给孩子们吃。”

杨亮又计算着这十亩地的收入。这十亩地原是许有武的，去年已经分给二十家赤穷户。假如这十亩地，可以收获三万斤，那么至少值钱三百万元。每家可分得十五万，合市价能折小米七百五十斤。三口之家，再拉扯点别的活计，就勉强可以过活了，要是还有一点地当然更好。

——沙果的经济学，这里有市场、有流通和消费，有分配。他想，果园里，是鲜艳的、沁人心脾的抒情诗，但一地鸡毛算起账来，原来有比抒情诗更严肃、更高的理性、“过活”和正义。

下雨了，雨敲窗如诉。今夏多雨。

没有水。他想，这是火星的表面。没有绿，没有葫芦没有冰，没有果园。

他提醒自己，这是东汉，永元元年，公元 89 年，那时没人知道火星的表面是什么样的。但是,他不听自己的提醒，他固执地想，这就是火星的表面啊，他骑着马，马蹄在砾石上踏过，发出坚硬的回响，每一声都是轰鸣。

然后，前方出现了那座山，在旷野中耸然而起，突兀地、毫无来由地立在那儿，让你觉得它是故意的，包藏着不可预计的危险。

他向着山去，这赤红的山。

马停住了。他犹豫着，我是谁呢？是车骑将军窦宪，还是中护军班固，还是温禺鞮王，还是尸逐骨都侯？还是北单于？还是汉军中的勇士，还是匈奴的牧人？

他对自己说，这还用想吗？当然是车骑将军窦宪，这伟大的将军，这集勇气、雄才和好运气于一身的胜利者，二百年的征战杀伐，就在他的剑下割出了分晓，从此匈奴远去，天之西将有巨浪来袭。我立马于此，我看见整个亚欧大陆的震颤，在这内亚的旷野，在这座山的山壁上，向着西南，我不世的功勋被书写、被铭刻：

铄王师兮征荒裔，剿凶虐兮截海外。

夐其邈兮亘地界，封神丘兮建隆嵑，熙帝载兮振万世！

他辨认那些字，在岁月、大风和猛烈的阳光中渐渐模糊的隶书，是的，已经漫漶，终将消失，但是，它们终究是被刻在这山上了。他坐在一间会议室里,对着一群书法家说，那些碑、那些摩崖石刻，难道是让人读的吗？不，不是的，它们常常越过了人类视力的限度，重要的仅仅是，人把它写在天地间，我们确信，这些字自有神奇的力量，可以召唤和迎来永恒。

他确信那些字就是班固写的。在漫漶中，他看出班固的血气和豪情，他是多么幸运，这仗剑纵马的史家经历了、见证了创造历史的世界性的一战，他撰写了《封燕然山铭》的铭文，又把这铭文收入他的《汉书》，没有人比他更能领会历史之剧的浩大神奇，他忍不住的，他必须亲手把他的字迹留在这座山上。

——他已经有点累了，这漫长的梦，他想尽快结束。他在梦里对自己说，该醒了，今天还要早起，他甚至想起了今天要去鲁迅和茅盾的故居。然后,他茫然地看着那块石壁，他注意到那里有字迹，但是，他看不懂，他不知道那是什么符号，他是匈奴远走后的牧人，是来自西伯利亚、来自阿尔泰山、来自内亚之内的牧人，他也许是外星人，他静静地听着风。

他还可以是最后望了一眼这山的匈奴人，然后，他一路向西，穿过中亚大草原，在里海边歇马，远远闻到地中海的腥味，然后，他就这样消失，消失在绝对的沉默、绝对的遗忘中……

阳光刺眼，他懵懵懂懂地走到茶几前，坐下，点上一斗烟，烟升起，人也醒来，然后，他想，那也不错，做那个匈奴人，那个注定消失于旷野的人。

太阳刚刚下了地平线。软风一阵一阵地吹上人面，怪痒痒的。苏州河的浊水幻成了金绿色，轻轻地，悄悄地，向西流去。黄浦的夕潮不知怎的已经涨上了，现在沿这苏州河两岸的各色船只都浮得高高的，舱面比码头还高了约莫半尺。风吹来外滩公园里的音乐，却只有那炒豆似的铜鼓声最分明，也最叫人兴奋。暮霭挟着薄雾笼罩了外白渡桥的高耸的钢架，电车驶过时，这钢架下横空架挂的电车线时时爆发出几朵碧绿的火花。从桥上向东望，可以看见浦东的洋栈像巨大的怪兽，蹲在暝色中，闪着千百只小眼睛似的灯火。向西望，叫人猛一惊的，是高高地装在一所洋房顶上而且异常庞大的霓虹电管广告，射出火一样的赤光和青磷似的绿焰：Light，Heat，Power！

这时候，这天堂般五月的傍晚，有三辆 1930 年式的雪铁龙汽车像闪电一般驶过了外白渡桥，向西转弯，一直沿北苏州路去了。

——他知道这车上坐着吴荪甫，“紫酱色的一张方脸，浓眉毛，圆眼睛，脸上有许多小疱”。“声音洪亮而清晰。他大概有四十岁了，身材魁梧，举止威严”，多年前，读《子夜》，读到最后，吴荪甫向牯岭而去，他竟黯然神伤。运去英雄不自由，这是项王的垓下，是晴雯黛玉，是英雄美人的末路。

他想，茅盾为什么不让吴荪甫去青岛、去秦皇岛，却去了庐山牯岭呢？或许，写到了这最后，这水穷处、云起时，茅盾竟想起了1927年的牯岭，那时，茅盾就在那座山上，潮湿的、多雨的、云雾茫茫的七月和八月，南昌城头枪声响起，而他如果坐在茅盾的身边，他们会谈什么？

他坐在茅盾家的楼下。上海大陆新村132弄6号，1946年茅盾赁居于此。当年茅盾在楼上，如今仍是民居，楼下是一间咖啡厅，名叫“三闲”。

他对黄德海说：“三闲应该是从《三闲集》来的，这家店其实也可以叫‘子夜’，毕竟是在茅盾他们家楼下。”

德海笑了，说：“又没有挂牌子，一般人不知道这里是茅盾的旧居。”

当年，茅盾选择这个居处时，必定知道他是和鲁迅先生做了邻居，当然，那时先生已逝十年，大陆新村132弄9

号应该有了新的租客，但茅盾每日进出，应该会时常想起先生。而行于山阴路上，他是否会想起秋白？穿过大陆新村外的马路，闲行片刻，便是秋白的家。他们也曾是邻居，1924年，秋白和杨之华结婚，住在闸北区宝通路顺泰里12号，而茅盾住在11号。1933年3月，经鲁迅介绍，内山完造夫人把山阴路133弄12号的一个亭子间租给了瞿秋白夫妇。那年春天，秋白的旧友丁玲也在上海，住进了昆山花园路7号。

他想，丁玲终究是在30年代的上海待过的，她和茅盾分享着隐秘的视野：当她计算和分析葫芦冰的市场问题时，她实际上是看到了在底部支配着生活的另一种逻辑。

他忽然想起，他是见过丁玲的，80年代在一个会上，那时他是多么年轻啊，纵马骑车呼啸而来，远远地望着那个满头白发的老太太，他竟会觉得，她是不幸的、固执的、坏脾气的，是过去时代遗留下的顽石。

然后，他在丁玲住过的地方住过，后海大翔凤胡同6号，那个小小的院子，西墙那边是恭王府，他在西屋的会议室里有一张床，80 年代后期，在那个院子里，他读《三里湾》，读《太阳照在桑干河上》，仅仅是因为，这院子住过赵树理，后来住过丁玲。

《子夜》是多么大，你可以不喜欢它，你喜欢张爱玲、穆时英、施蛰存、刘呐鸥，但《子夜》如山，深厚壮阔。在上海，茅盾所见不仅是琐碎的市民、炫目的景观，他探索一种全新的总体性结构，他想知道，是什么样的力量在历史、在这大城之下运行。

别对我说个人如何如何，个人是多么的渺小，就在昨天晚上，我还在说，我之所以觉得科幻是有意义的，完全是因为，它使现代人文主义天经地义的逻辑面临限度，毕竟人是要死的，毕竟星空横亘于头顶。

萧红从大陆新村出来，走上了甜爱路——好吧，祝福甜蜜爱人——小提琴的声音响起，他站住，他知道，他要开始念萧红的《呼兰河传》，他就念：

严冬一封锁了大地的时候，则大地满地裂着口。从南到北，从东到西，几尺长的，一丈长的，还有好几丈长的，它们毫无方向地，便随时随地，只要严冬一到，大地就裂开口了。

他听着自己矫揉造作的声音，他真的不喜欢这种语调，咬着每一个字，每一个字都油炸过，吱吱作响，多么像朗诵，站在舞台上，还有音乐。他很想用东北话念——他是会说东北话的，那是他生命深处的声音，他只需要遇到一个说东北话的人。他的眼睛在纸面上滑行，他想找出东北话的语调，但是，他发现萧红其实竟是不说东北话的，她不用东北话书写。他想，这个女子，她怎么就在这座城和这条路上丢失了口音。

好冷的天，地皮冻裂了，吞了我的馒头了。

他的后背已经湿透，衬衣紧贴在皮肤上，太热了，他想，下雨吧，下雨吧。

万马奔腾，乌云在集结，远处，大城在铅灰色的乌云下静默如铁。树在翻滚，山在起伏喘息，山要站起来。

他独自一人，在山道上，他没有料到会有雨，他犹豫着，他已经接近山顶，原路下山要走过一条陡峭的林间小路。雨下来了，暴烈的、尖锐的、冰凉的雨，万箭齐发，他无遮无拦。天裂开了口子，一个劈雷炸响，他撒腿向山顶奔去。

山恢复了它的威严。这是山，亘古不变的山，人只是这山里的过客，这山从未被人驯服，现在它自深黑中立起，山在愤怒咆哮。

我只是一只蝼蚁。

他边跑边脱下上衣，他得用它包住手机，他知道这有点可笑，但是，此时手机使他维系着与世间的联系，否则，他将淹没在绝对的大自然中。

他跑着，不由自主地、疯狂地跑着，他已经很久没有这么跑了，奇怪的是，他竟然是轻盈的，肥厚的脂肪都在消失，只剩下清晰的筋与骨。

他望见了山顶的那家小店，猛雨中亮着橙黄色的灯。

延宕

他醒了。一室轻寒。一场秋雨竟一夜不歇。

摸到床头的手机，见微信里，有人半夜不睡："今天在机场，看见了这个！"

看见了什么？他点了一下，那个小圆圈开始慢慢地转。Wi-Fi 有时不好，他守着那个圆圈儿，让脑子慢慢醒来。忽然想起一个朋友，她是个导游，带团跑日本线，哄着众人购物，比如酵素——这名字听起来很像是某种饲料添加剂——该女子平素好一张瞒天过海的巧嘴，做推销员自然是好的。有一天，她收到微信，只一个字："看！"然后一点，便是这个圆圈转啊转。偏偏在外边正忙着，忙中点了几回都是圈儿，中午在餐厅坐下，迫不及待点一下，啵一声，憋了一上午喷薄而出。

然后呢？他觉得有必要问一声，他知道，蹦出来的定非寻常之物。

他妈的一堆屎！一堆屎知道吗？这个疯子就是为了夸我，我劝她买的酵素很管用，她把陈年老屎都拉出来了！

他盯着圆圈，想起小时候吃的酵母片。导游女士骂完了街，缓一口气，接着就劝他不妨买几瓶酵素试试："真的很灵的！"此事殊不雅驯，不过也难说，多年前他好像在萨特的自传里看过，该哲学家的童年充满拉伯雷式的喧闹，餐桌上，他的父母会大谈屎屁尿并纵声狂笑——萨特的妈多半是双鱼座，然后他们就养出了个如此抽象的儿子。笑话即消化，那真的和酵素有点关系。他想起看过一个笑话——关于耶稣与抹大拉，他犹豫了一下，还是别在《会饮记》里转述它了，反正感兴趣的人可以去找那本《齐泽克的笑话》，在齐贼的笑话里，耶稣为抹大拉愈合了伤口，但是，你怎么就能确认别人的“伤口”是需要愈合的呢？

圆圈终于转累了，跳出来一张照片：三堆书，中间那堆是他的那本：《咏而归》。

显然，这老兄在机场书店看见了这个。他想，这至少不是一个有助消化的结果。

他写道：趁人不备，把两边的书挪走。

对方沉吟了一会儿，回答：哦，我担心人们会以为只有这本卖不掉。

他放大了图片，看看旁边那两本书是什么，那是一本桑德斯的《公正》，还有一本是《巴黎，现代城市的发明》。

郭德纲正摇头晃脑地谈论于谦的家人：爸爸、妻子和儿子。这个家伙属于过去的某个时代，虽然他不确定那是否真的是“过去”。江湖儿女、顶风冒雪、冲州撞府，低到尘埃里，又有曹操气、山大王气。他想，如果和此人对面而坐，我不会喜欢他，更不会信任他。但每日晨起洗漱，他习惯于手机里放着郭德纲的相声，那不是一个秩序井然的世界，那是混乱疯狂的一个所在，人的愚蠢、笨拙、妄念和恶意激起黑暗的狂笑。

洗完了脸，他听到郭德纲又开始唱太平歌词：

庄公打马下山来

遇见了骷髅倒在了尘埃

那庄子休一见发了恻隐

身背后摘下个葫芦来

葫芦里拿出了金丹一粒

那一半儿红来一半儿白

红丸儿治的是男儿汉

那白药粒儿治的是女裙钗

撬开牙关灌下了药

那骷髅骨得命站起了身来

伸手拉住了高头马

叫了声先生听个明白

怎不见金鞍玉铛我那逍遥马

怎不见琴剑书箱我那小婴孩

这些个东西我是全都不要

那快快快还我的银子来

庄子休闻听这长叹气

那小人得命又要思财——

这段歌词郭随口唱，他过耳听，从不曾留意。早晨听郭不是为了思考，是为了不思考。但今日，他忽然意识到，那打马下山的“庄公”原来是、竟然是庄子。

《庄子·至乐》中，庄子赴楚见楚王，路上见一空洞骷髅，一时兴起，以马鞭旁敲侧击，问曰：“夫子贪生失理而为此乎？将子有亡国之事、斧钺之诛而为此乎？将子有不善之行，愧遗父母妻子之丑而为此乎？将子有冻馁之患而为此乎？将子之春秋故及此乎？”髑髅当然不答，庄子遂枕髑髅而睡。夜半，髑髅入梦曰：“子之谈者似辩士。”——一听就是知识分子，你说的那些，“皆生人之累也，死则无此矣。子欲闻死之说乎？”庄子曰：“快说说——”

髑髅曰：“死，无君于上，无臣于下，亦无四时之事，从然以天地为春秋，虽南面王乐，不能过也。”庄子不信，曰：“吾使司命复生子形，为子骨肉肌肤，反子父母、妻子、闾里、知识，子欲之乎？”髑髅深颦蹙额曰：“吾安能弃南面王乐而复为人间之劳乎！”

——而在鲁迅《故事新编·起死》一篇中，庄子却是召来了司命大神，活髑髅而为村汉，那村汉果然惫懒，正如郭德纲所唱，刚得命、又思财，缠得庄子狂吹哨子招来了巡士方得脱身。

好吧，他对自己承认，之所以想起这些，皆因前几日看了一篇《“化俗”之超克》[1]，那论文从《起死》追溯到明代王应璘的杂剧《逍遥游》，而《逍遥游》则是对“叹骷髅”道情的改写。他想，这文章还应该写到郭德纲，这真是一条小径分岔的复杂的路，从庄子打马奔赴楚王开始，经过庙堂和江湖，经过道观、街衢和上海滩，经过文学史，竟出其不意地潜入德云社的此世烟火。

现在是中午。一上午过去了，本应交稿的《会饮记》还一个字没有——他已经收到了编辑的两条微信，该女士用小马鞭敲击空洞的头颅做金石之声。实在没办法，上午插进来一件要紧的事。他在微信上搪塞着，但是，他其实喜欢这种更要紧的事——它是“插进来”的，它不跟你商量，你只能承受。这软弱怠惰的肉身，它也许正需要这强大的、粗暴的力量，从外面强制它、塑造它，赋予它形式

① 祝宇红：《“化俗”之超克——鲁迅〈起死〉的叙事渊源与主旨辨析》，《中国现代文学丛刊》2017 年第 12 期。

和内容。

他已经累了，他躺在床上，雨停了，深秋正午的阳光苍白淡薄。他想，他应该睡一会儿，下午他还要参加一个会，然后，晚上他逃不掉了，他必须开始写那个专栏。现在，他正看到朋友圈里纷纷转发的那封信，十个欧洲保守派知识分子的公开信：《一个我们能够信靠的欧洲》：

“欧洲属于我们，我们也属于欧洲。这片土地是我们的家园，这是我们唯一的家园。我们挚爱欧洲，这无须解释，我们对欧洲的忠诚亦毋庸辩护。它关乎我们共同的历史、希望和爱；关乎我们习惯的生活方式以及那些悲怆和痛苦的时刻；也关乎那些激动人心的和解经验，以及一份对于美好未来的承诺。普通的风景和事件灌注着特殊的意义——它属于我们，与别人无关。”

“欧洲的丰饶和伟大正在因为它对于自身的误解而受到威胁，这个虚假的欧洲把自己想象成我们文明的完成形态，但实际上将毁掉我们的家园”，“它的支持者们自愿成为无家可归的弃儿，并且他们以此为高尚之举。”

——他在心里默念着这封信、这份宣言，即使隔着翻译，他依然能够感到它的广场气息，它的修辞、章法，它的陈述和抒情，都在全力以赴地召唤起一个“我们”——它的第一句就是“我们”，从古希腊、从西塞罗开始，广场上的人们不断争夺和建构的“我们”。

他们终于回到了这里，回到了人类生活的常态。我们——他们，这不那么美妙，但其中自有一种古老的、本能的说服力。他想，这在根本上不是知识或理智问题，这是禀赋和天性——他忽然想起雷蒙·阿隆，一个倔强的保守分子。这是隐秘的羞处：他一直喜欢阿隆，即使在80年代，那时他还年轻，年轻的他不喜欢萨特，他喜欢萨特的论敌阿隆。他认为萨特不过是一个虚荣的糊涂虫、一个不负责任的狂想家。他至今记得，在90年代初一个酒馆之夜，当他提起对阿隆的倾慕时，一位在知识界炙手可热的先生看他的眼神，那眼神让他觉得自己就是一个白痴或一摊狗屎。

好吧，他想，这样的文章我也写得出来——假如我是一个欧洲人。假如阿隆尚在，他也会掺和这样的事吧。阿隆一直是审慎的，他的德行和智力都有一种土地的品质，他对于人类生活中古老的、基本的力量与秩序深怀敬畏，他不相信终点，他相信复归和循环。

——他其实已经记不起阿隆都说过些什么，但是，他莫名其妙地相信，这正是阿隆的意思。他想，只有头脑简单的、对人性和人类事务缺乏了解的人们才会认为，他们可以使世界清新如洗——有趣的是，他们却喜欢类似拉斯洛这样的作家，他刚刚看了这个匈牙利人的《撒旦探戈》，他真是受不了那黏稠的泥泞迷雾，只看了十几页就放下了。他想起向他推荐这本书的那个孩子，她所喜欢的永远是这种极度黑暗的东西，他知道这很酷，可是，他不明白，为什么放下书本，在面对世界发表议论时，她却总能款款摆出一串儿晶莹的瓶瓶罐罐，那都是欧洲出产的“政治正确”的关键词，似乎世界的运行就如同让一张脸光洁如新。

他想起中午在食堂看到的电视里的新闻：西班牙加泰罗尼亚地区的独立公投有了结果，而伊拉克库尔德地区的公投已经引起了周边各国的激烈反应……

是啊，这和欧洲这十个书生的信其实是一件事，古老的幽灵正在徘徊。他很想知道，欧洲左翼或新自由主义将如何对西班牙或伊拉克之事做出自洽的、逻辑一贯的回应，当然，还有那位可爱的拉斯洛爱好者，她将怎么摆弄那些关键词。世界正在回到我们所熟悉的那个面貌，越来越清晰地划分着我们和他们。

他坐在那儿，看着那些年轻的面孔。他想，这是阴险的，一个年过五旬的人，端详着这些年轻的脸，带着妒意和恶意，一直看到，他们渐渐老去，看到他们变成了本来就是的那个人。他当然不会对这些孩子们说：不要对你的自由意志估计过高，或许你能改变世界，但你改变不了自己。——老家伙，他在内心指着自己冷笑道：你这是在说你自己是吗？是的，三十几年前，你也曾经在这里上学，每天晚上在湖边游荡，那时这里还是一片废园——他忽然想起，他现在临时所居的地方原是从前果郡王的园林，好吧，他喜欢看《甄嬛传》，他有时会从随便一集看下去，看到半夜。但他真是不喜欢那位老十七，你很难喜欢一个如此幼稚、如此单向度的人。

他听着学生们谈论《咏而归》，满怀羞愧。他想，我不该来的，我应该利用下午这点时间，赶紧写我的《会饮记》，世界上没有比坐在这里聆听人们谈论和分析你的文章更愚蠢的事，即使是夸奖，即使他们看出了真正的问题。

刚才，那位同学提到孔子。他清了清嗓子：他老人家的话有时可能也会误导我们，比如，他说，三十而立，四十而不惑，五十而知天命。他把生命界定为一个线性的时间过程。当然，这没错，人总是要死的，但是，我更愿意把人看成一个千门万户的复杂空间，充满了不协调，充满矛盾、冲突，就像林白说，一个人的战争，一个人自己就是一场战争。在这个意义上，庄子也是骷髅，骷髅也是庄子，我是他，他也是我，是无数之我。

——所以，您在《会饮记》里一直使用第三人称，那里的“他”就是你吗？一个戴眼镜的男生问。

哦，我还得想想，我都不记得前边写了些什么了，我不能肯定我愿意无条件地认领那么多的“他”。

游于碧水。他想，无论如何，游完这两千米是比写什么《会饮记》更要紧的事。

泳池里人本来不多，他特意选了一条无人的泳道，他知道自己是一只笨拙的蛙。他耐心地游着，所有的运动都包含着沉闷，而存在就是无休止的重复。

泳道中多了一个人，从身后赶上来，同样是蛙泳，隔着泳镜，他看到这是一个胖硕的男人，胖而快，很快就把他甩在后边。

他枯燥地游着，努力记住游过的圈数，把握着节奏，避免再被海狮追尾——他在心里把对方想象为一只油光水滑的海狮。

终于，游完了两千米，他停在池边，这时，他忽然意识到海狮也在池边，摘掉水雾蒙蒙的泳镜，他看见一个中年人，而海狮也正在看他，是的，他们都认出了对方，仅仅两天前，他和他初次见面，发生过短暂的争论。那时他们衣冠楚楚，此时却赤裸相见。

四目相对，微笑，点头，算是招呼了。接下来却无话，各自看水。还是他找出一句：这池子太短了。

海狮赶忙接上：是啊，五十米，游着游着就记糊涂了。

哈，我也是，每次都拼命记账，一蹬腿儿就忘。

然后沉默，都有点尴尬了。他在想他们上次的争论，那是关于如何确定扶贫对象的问题，海狮是一位县长，现在，在水里，他显得光鲜多了，穿着衣服时，他却是一脸的焦虑疲惫。他记得他对海狮的办法提出了一个文学式的疑问：你是否考虑到了对方的感受？这样做会不会伤害对方的自尊？他记得对方看着他，有那么一瞬间，像一个吃惊的、委屈的孩子，海狮说，我那个县几十万人，你要我怎么办？我总得想出一个可操作的办法。

他们没有再谈下去。后来他想，这位县长已经很疲惫，他尽全力做好他的事，但现在，他面对着一个知识分子的责难，“子之谈者似辩士”，该辩士认为自己更懂得人，责难他把人当成了数目字而没有当成一个一个人。

现在，他们在游泳池里，赤身裸体，他忽然觉得，这就像泡澡堂子，郭德纲喜欢的那种澡堂子。他说：你们那儿有个大湖，你在湖里游过吗？

啊，你去过我们那儿？海狮一下子活跃起来。

好多年前去过，那时候还是一片野湖。

那你回头再去！现在可不一样了！一到假期，河北、北京多少人驾车过来！

他想起当年在湖边看过一个私人博物馆，里边塞满了匪夷所思的“国宝”，后来被人在微博上晒出来，引得网络上好一阵嘲笑如浪。

他问：那个博物馆，还在吗？

海狮脸色一暗：没了，早荒了。

出事之后，那个馆主很快就死了。老头儿崩溃了，他的家人跑到北京，一个个找到专家，苦苦哀求他们给老爷子做个证，证明那一堆宝贝都是真的。

当然，没有人肯说。

然后，老头儿就死了。

海狮说完了，沉默了。他们都没有看对方，他们各自看着眼前的水。

他知道，他们在前两天的话题上再次相遇了。他是个县长，他在这一刻背负着那一片土地，他是在说，你们仅仅是来玩一趟，你们是上等人，你们有知识，你们说话有人听，你们说的都对，你们知道那玩意儿的真假，可是，你们不会在意，也永远不会知道，那个人、那个老头儿就那么死了，在屈辱中死掉。

他们都有点不自在，不知道为什么，他有点不好意思看他，就这样，他们从池中爬上来，走进更衣室。

他们没有告别。他走在路上，在深秋的风中，忽然想起，县长没有再邀请他去那个大湖。

邮局

这就是西贡河。混浊肮脏的河水沉重地涌动。这样一条河正该在经济腾飞的大城穿过，冒着浓烟的工厂、热气蒸腾的排污口。他回想了一下，在那部电影里，这条河似乎也不是清澈的河，是黄色的、暧昧的，汇聚着热带的暴雨和情欲。但至少有一种风景，玛格丽特·杜拉斯肯定不曾在此见过，在河对岸，并排耸立着两块巨大的、一模一样的广告牌：那是一家日本电器，它甚至懒得说话，不屑于提供形象和幻觉，它并不打算美一点、聪明一点，它只是不容置疑地呈现商品的抽象符号。这两头巨物，面无表情，相互复制，遮挡着地平线和天际线，在这条大河之上宣示着资本和商品的统治。一个法国少女和一个中国男子的恋情被打下粗暴、黑色的邮戳，从孤寂伤感的殖民地时代直接快递到了此时此刻喧腾的世界市场。

好吧，他想，别这么多愁善感。这条河正是杜拉斯的那条河，法兰西帝国和其他帝国将这土地和河流纳入了一个新的世界体系。这河早已失去贞洁，它在这短短的百年间已像杜拉斯的容颜一样毁败苍老，它经历征服与反抗，经历忧伤和绝望，它在所有的人心里——征服者和被征服者、反抗者和被反抗者心里,都是一道流淌血泪的伤口。而现在，这个国家的经济正在高速增长，他们正以更低廉的成本获得世界市场的比较优势，他们为此支付的，就是更脏的水，就是天际线。

他转过头，看看陈——这位越南作家，黧黑，瘦硬，一根接一根地抽烟，声音嘶哑。陈负责接待他，他们迅速建立起热烈的友情——在昨天的欢迎晚宴上，他们成杯地干掉法国葡萄酒，他们重温中越友谊，我们是战友，我们曾经并肩战斗！他们甚至唱起了："越南中国山连山江连江，共临东海我们的友谊像朝阳……啊共理想心相连，胜利路上红旗飘扬！"他的同行者，那些70后和80后，用看着两个老疯子的目光看着他们，他和陈挥舞着刀叉，打着节拍，汉语和越语同唱一首歌，在那时，他似乎行进在60年代和70年代。

现在，同行的人们沿着河岸走远，忙于以各种姿势和组合拍照，仿佛杜拉斯和梁家辉附体。翻译也跟了去，只剩下他和陈。沉默横亘于他们中间，他们重新成为陌生人。他忽然意识到，与陈独处，他有一种莫名的紧张。尽管昨晚他们勾肩搭背，亲密无间，但现在，水退去，陈如一块沉默的礁石。陈属于1975年最早冲进西贡的那批战士，陈参与创办了西贡解放后的第一张报纸。此时，陈的身上有那种老战士的威严，让他想起他年轻时见过的那些老人，他们老了，但他们衰老的身体里封藏着风云雷电。

他们就这么默默地望着河水。这个人，他闯进这个城市，他们赶走了法国人和美国人，四十多年过去了，他默默地站在河边，他在想什么？这条河怎样从 1975 年的胜利激情中流到此刻，流到这高耸的广告牌下面？

风吹过来，带着淡淡的腥味，无意间，他和陈对视一眼，陈的目光像河水一样混浊。

这是胡志明市，这是西贡。这是曾被强大的残暴势力统治的城市，这是正义与邪恶的决战之地。走在街上，他想起他的 1975 年，那时他是小学五年级的学生，而解放西贡的战役对他来说就是“我的战争”。他每天在《人民日报》上注视着战事的进展，一切都是他在指挥部署，他真是很辛苦啊，他焦虑于他的部队不能有效地封锁和抢占机场，他长时间地研究从《世界地图册》上裁下来的那张越南地图，用红铅笔标示出进攻路线；他在想象中披着军大衣——他当然知道，对越南的 4 月来说，军大衣是太热了，但是，将军怎么能不披军大衣呢，最好有蒋匪军一样的笔挺的呢子大衣。每天放学后，他眼巴巴地等着母亲带回报纸，直到5月1日，劳动节，放假了，而战争不会放假，他逼着母亲专门去一趟单位，然后看见母亲远远地走来，喜笑颜开，手里挥动着一卷报纸，他又酸又烫他想哭，胜利了！一定是胜利了，他正站在南越总统府的楼顶上，挥舞着红旗。

他站在西贡邮局。此时他才知道，比起昔日的总统府，这里才是这个城市的中心和标志。恢宏的粉红色立面耸然而起，走进大门，迎面是胡志明的巨幅画像。胡伯伯，他熟悉这个老人，很多照片中，他都如同一个慈祥的乡村教师，有时穿着夹趾凉鞋，有时居然赤着脚——这是一个牢牢站在自己土地上的人，他光着脚，他体现着与殖民主义、帝国主义完全相反的价值：是本土的，是素朴的，他是绝对的主体，他和他的人民一起战斗。

胡志明俯视殿堂。他想他理解了为什么要把胡的像挂在一个邮局里，这就是殿堂，它的空间高旷，有巨大的拱顶，拱顶上绘制着19世纪的越南地图，两边是栗色的柚木柜台，进门左右相对僻静的地方是封闭的木质电话亭，他想，那就是教堂中的告解室。

——这个邮局，它的原型就是教堂，它是世俗的教堂。他走出来，站在台阶上，只见那著名的红教堂灯火辉煌。那些法国人，他们强占此地，然后立即建造教堂，他们以教堂重新确立城市的中心，把佛陀和孔子之地付与上帝。然后，他们喘了口气，开始在教堂西侧建造邮局，这必须是一座与教堂相匹配的建筑，这是帝国主义世俗统治的象征和枢纽，通过邮局，遥远的殖民地维系着与殖民母国的联系，邮局和邮政从基础上构造了殖民与资本的全球网络，这是现代性的教堂，这里供奉的是攻击和占有、效率和进步。

台阶下，陈在抽烟，在这繁华都市的中心，灯红酒绿之间，陈落落寡合，桀骜不驯。他望着陈，他觉得陈很远。他们其实是各自封闭在不同的时空中，平行、映照，但并不融合。是的，他曾如此向往陈的生活和战斗，也是在1975年，他惊喜地在家里翻出了两册《南方来信》，那是作家出版社

1964年的版本，那一年他刚刚出生。1975年，十一岁的中国少年读着越南南方的抗美战士们写给北方的战友和亲人的信，凝视着厮杀、分离和不屈的意志。那些信都不曾从这个邮局投寄，“许多信件送到收信人手里时，封皮已经皱褶不堪，字迹模糊，这些信没有贴邮票，也没有邮电局的日戳”（《南方来信·代序》），邮局属于杜拉斯或者马尔罗，而“南方来信”是泥泞的路、粗糙的手对邮局的抵抗。

多年以后，他还记得在那简朴刻板充斥口号的行文中忽然跳出来的生动的、闪闪发亮的词语，比如一个“小鬼”“爱演‘关公大战波拉埃特’”，波拉埃特是法属印度支那的高级专员，该先生与关公之战应是喜剧性的宣传小品，当年的抗法军民必定笑得前仰后合。1975年的他再过几年才听到侯宝林的相声《关公战秦琼》，在笑声中，他想起了波拉埃特，想到他的山西老乡关云长掌中青龙刀、胯下赤兔马，竟一直向南，走进南方之南的广大民间。

当他阅读《南方来信》的时候，陈，这个战士和作家或许也曾在膝盖上摊开一张纸，给北方写信。当然陈不可能是《南方来信》的作者，按年龄推算，他那时还小，但是，他必定经历了《南方来信》那样血腥、冷酷的战斗，在倔强的人群中，他锤炼着倔强的心，不会在敌人的枪口下颤抖，也不会为准星瞄中的那个人颤抖。

他是阅读者，而陈是书写者。

他在北京的夜里奔跑，不是为了追逐也不是为了逃，仅仅是为了消耗掉脂肪和卡路里，让内啡肽充分地分泌。

他跑过法国教堂。东交民巷或许是北京城里最静谧的街区，一个属于遥远时代，与古都格格不入的内向、异质的区域。教堂拱门上方的圣弥厄尔天使在虚黄的灯光中寂寞舞蹈。这座教堂1904年开堂，在当年法国公使馆的边缘，只是一座精巧的两层哥特式建筑，好像从普罗旺斯的一个村庄飞来。他跑过去，一路向西，他的心他的肺正拼死挣扎，他的膝盖开始刺痛，好吧，投降吧，他筋疲力尽地慢下来，靠在墙上。

就是在这里，他想起了西贡邮局，他还想起了阿尔及尔的法国邮局。La Poste，法国邮政局，从 19 世纪到 20 世纪初叶，邮局是殖民帝国的中心景观。

——他所靠的那面墙上，挂着一块牌子，借着路灯，他看见牌子上写着“北京市文物保护单位 法国邮政局旧址”。

昔日法国公使馆的两侧，左教堂右邮局，殖民帝国的三位一体。但这座邮局却是一幢平庸的单层房屋。门封着，里边黑洞洞的，显然空置已久。房屋破旧，依稀能够看出殖民地折衷风格。他上网搜索一下，得知这座邮局 1910 年开业，中华人民共和国成立后，曾被用作一家川菜馆——名叫静园餐厅。他不禁笑了，却原来，帝国的梦消散于烈火烹油的麻辣川菜。

在北京，法国人远不如在西贡或阿尔及尔那么自信恢宏，他们在此面对着自身的极限，面对着无边无际的庞大存在。而在西贡，他们曾有创世的气概，他在网上查阅西贡邮局的设计者，意外地发现，他竟然是埃菲尔，埃菲尔铁塔的设计者，纽约自由女神像的结构设计者，此人在1890年设计了西贡邮局。那是资本主义和殖民主义的黄金时代，是法兰西帝国的全盛顶点，埃菲尔在巴黎，一边深情追怀逝去的爱人，一边以钢铁结构世界，召唤巨神降临。

另一座法国邮局辉煌壮丽，它的名字就叫“大邮局”。

“大邮局”是雪白的宫殿，在地中海南岸、阿尔及尔的夏天，“大邮局”如同坚固的梦幻。西贡邮局的粉色或许是染自热带佛寺的外墙，而“大邮局”的风格则是摩尔的、伊斯兰的——现代殖民帝国的文化之胃强健贪婪，他们有一种探究和整理世界的惊人的狂妄和热情，对他们来说，世界的就是民族的、就是“我”的。那是第一次世界大战之前，法国人心在远方和星空——“大邮局”的穹顶令人晕眩，他见过撒哈拉沙漠的星空，现在，他站在“大邮局”的中央，仰面一望，只觉得这就是撒哈拉的纯粹星空，是奇迹，是水晶钻石的海，是诸神静默。

从邮局出来，走在大街上，加缪就在眼前。加缪正如他熟悉的样子，叼着烟，披着风衣。好吧，阿尔及尔不需要风衣，而那时的加缪喜欢白衬衣、白袜子，他可能刚从邮局出来，他刚刚接到马尔罗的信，走在大街上，他是多么年轻。

在阿尔及尔的街上与加缪和默尔索同行，他意识到，加缪的荒诞并非哲学洞见，这是一个人在殖民体系中的经验和伤痛，成为“局外人”，这并非虚无，是一个人为自己保存自由和尊严的艰难战斗。

这个人，是个穷人，当他获得诺贝尔奖的消息传来，他妻子的反应是：他可不要拒绝啊，那可是一大笔钱，而我们一直没钱。加缪去领了那笔钱，然后，人们要求他表明立场，一边是法国人，一边是阿尔及利亚人，一场终结法国殖民统治的血腥战争正在进行。

加缪是法国人，加缪也是阿尔及利亚人。他生在阿尔及尔，他的母亲也生在阿尔及尔——近乎失聪的、对这世界满怀惊惧的母亲。加缪拒绝支持不义的殖民统治，但同时，上百万土生土长的阿尔及利亚法国人正从那片土地上被剥离出去。面对着如林如枪炮的麦克风，加缪犹豫着，他无法表态无法站队，最终，加缪说出了选择，他站在母亲身边："我相信正义，但是在捍卫正义之前，我先要保护我的母亲。"

这真的很难。人们选择自己的正义，很多时候，人们忘了自己的母亲。

后来，他在重读《南方来信》时碰到了一个"知识分子"，这个敌伪军官终于投向革命阵营，在给远在北方的妹妹的信中，他欢欣地写道："我在生活中已扫除了'萨冈'式的消极厌世和'加缪'式的蛮横无理。"这个人，他必定曾是萨冈和加缪的读者，他曾深爱萨冈和加缪，当他在残酷的历史斗争中做出选择时，"扫除"萨冈和加缪就是与旧日之我决裂。

他想，我理解他，他是对的。我不能理解的仅仅是，他为什么说加缪“蛮横无理”？

——有谁能轻易地回答这个问题呢？在阿尔及利亚解放战争博物馆，他面对着布特弗利卡的画像。这位老人，现在是阿尔及利亚的总统。1971 年，他七岁，刚上小学，大喇叭里传来喜讯：中国重返联合国，恢复合法席位。从那时起，他知道了中国原来在世界上必须要有一个座位，他也第一次听到“合法”一词。世界变大了，世界的图景清晰明确：阿尔巴尼亚、阿尔及利亚等二十三国站在我们一边，是他们向联合国大会提交了议案。而代表阿尔及利亚的正是当时的外长布特弗利卡，他是中国的朋友。

布特弗利卡，这位昔日阿尔及尔大学文学系的学生，想必读过他的学长加缪的作品。1957 年，当加缪获得诺贝尔奖时，二十岁的布特弗利卡已成为阿尔及利亚民族解放运动的斗士，他说：“我像其他阿尔及利亚人一样，希望历史回归正义！”

博物馆里游客寥寥，这是一座空旷的记忆之宫，在这里，并没有给加缪留下任何位置，而这个“局外人”，他深爱着阿尔及利亚，他曾热情地设想，在这片土地上出生的所有人或许能够迎来公正的和平。

他试图想象布特弗利卡的回答，他是否也认为加缪“蛮横无理”？但在这座博物馆里，他意识到，布特弗利卡的回答很可能和那位越南人一样，一百万阿尔及利亚人在反抗中死去，你怎么能够期待他理解加缪？而加缪知道这一切，他确信，加缪深知越南人和阿尔及利亚人之心，就像他知道自己一样，正是为此，加缪才写了《局外人》，写了《鼠疫》。他的不可即在于，他生于贫困，却拥有一颗没有怨恨的心，同样的，在巨大的历史暴力中，加缪也竭尽全力，不怨恨。

他感到疲倦，这是考验耐力的长跑，他的身体里有一万只鸟在挣扎，他要出去，望着阿尔及尔的蓝天，抽一根烟。他走过一列照片，突然停住，再回来，他看见其中一张照片下方有几个汉字：石家庄照相馆。

是的，就叫石家庄照相馆，那是石家庄最老的照相馆，那张黑白照片也正如无数中国人的毕业照，十几个年轻的阿尔及利亚人，穿着60年代初的中国人民解放军的军服，严肃地看着未来。

他想，这和我有关系，我的六七十年代的灰扑扑的石家庄，孤寂地守在一望无际的单调平原上的石家庄，原来曾经隐秘地通向地中海、通向撒哈拉沙漠。

后来他才知道，马克思曾经在1882年来过阿尔及尔，在这里治疗胸膜炎，思想者的生命正在接近终点，马克思将在第二年离去。他读了《马恩全集》第35卷在阿尔及尔的全部通信，他看到，在阿尔及尔的2月、3月和4月，这个被病痛折磨的人，以一种维多利亚时代的作风几乎每天给远方的亲人和友人写信。那时还没有"大邮局"，那时的信可真长啊，混杂着生活琐事、思念、玩笑、回忆、天气、病情、见闻和种种断想，有时一封信会断断续续地写上两天。当然，现在已经没有人这样写信了。

1882年4月13日到14日，马克思写给劳拉·拉法格的信，是以一个摩尔人的寓言结束的：

最后，像士瓦本的迈尔通常说的那样，我们要把自己放在稍微高一点的历史观点上。和我们同时代的游牧的阿拉伯人（应当说，在许多方面他们都衰落了，但是他们为生存而进行的斗争使他们也保留下来许多优良的品质）记得，以前他们中间产生过许多伟大的哲学家和学者，也知道欧洲人因此而嘲笑他们现在的愚昧无知，由此产生了下面这个短小的明哲的阿拉伯寓言：有一个船夫准备好在激流的河水中驾驶小船，上面坐着一个想渡到河对岸去的哲学家。于是发生了下面的对话：

哲学家：船夫，你懂得历史吗？

船夫：不懂。

哲学家：那你就失去了一半生命！

哲学家又问：你研究过数学吗？

船夫：没有！

哲学家：那你就失去了一半以上的生命。

哲学家刚刚说完了这句话，风就把小船吹翻了，哲学家和船夫两人都落入水中，于是船夫喊道：你会游泳吗？

哲学家：不会！

船夫：那你就失去了你的整个生命！

跋

“会饮”已散，本不需跋。但好像还有几句话人多的时候没地方说，附记于此，说了干净。

一、何为“会饮”。字面上说，会饮就是聚会而饮，可饮茶可饮酒可饮水,也可以如梁任公般“饮冰”。实际上,“会饮”出于柏拉图对话《会饮篇》，说的是苏格拉底和一帮雅典大爷喝了酒泡了澡，谈天说地，探讨人生和真理。

二、是何文体。文体是个问题，是问题就必有人问，在此一并作答：我也不知道，看山是山，看水是水，你看它是什么它就是什么。

三、“他”是谁。对我来说，“他”就是他，当然，我也没法禁止别人在“他”的皮袍下榨出一个我。

四、真假。参见《红楼梦》：假作真时真亦假，无为有处有还无。

好了，说完了。

深谢《十月》的陈东捷老师、季亚娅老师，没有他们的宽容和严厉、鼓励和催逼，就不可能有此一本《会饮记》。

是为跋。

李敬泽

2018年7月4日下午

图书在版编目 (CIP) 数据

会饮记 / 李敬泽著 . — 北京 : 北京十月文艺出版社，2018.8
ISBN 978-7-5302-1836-5

Ⅰ . ①会… Ⅱ . ①李… Ⅲ . ①散文集—中国—当代 Ⅳ . ① I267

中国版本图书馆 CIP 数据核字 (2018) 第 103462 号

会饮记
HUIYINJI
李敬泽　著

出　　版　北京出版集团公司
　　　　　北京十月文艺出版社
地　　址　北京北三环中路 6 号
邮　　编　100120
网　　址　www.bph.com.cn
发　　行　新经典发行有限公司
　　　　　电话（010）68423599
经　　销　新华书店
印　　刷　北京盛通印刷股份有限公司
版　　次　2018 年 8 月第 1 版
　　　　　2019 年 3 月第 4 次印刷
开　　本　880 毫米 ×1230 毫米　1/32
印　　张　7
字　　数　90 千字
书　　号　ISBN 978-7-5302-1836-5
定　　价　39.00 元
质量监督电话　010-58572393
如有印装质量问题，由本社负责调换。